# VAMPIERKLAUWLIMONADE

## Ingrediënten

een grote, glazen kom (of klein aquarium)
een plastic handschoen
een elastiekje
genoeg limonade om de kom voor drie vierde te vullen
3/4 liter appelsap
grenadine

## Bereiding

Grenadine bij het appelsap voegen tot het mengsel bloedrood is.
Het mengsel in de handschoen gieten.
De handschoen dichtmaken met het elastiekje en in de diepvries leggen.
Enkele uren later de kom vullen met limonade.
De handschoen uit de diepvries halen.
Het bevroren mengsel uit de handschoen halen en in de limonade
Zodra de klauw begint te 'bloeden', is de limonade klaar
om geserveerd te worden.

SIGAREN

# Vampiersoep

Informatie over Patrick Lagrou vind je op:
www.patricklagrou.be
www.patricklagrou.nl
www.dolfijnenkind.be
www.griezel.be

Website illustrator Peter de Cock:
www.illustrooper.be


*Dit werk is zuiver fictief. Dat was de bedoeling van de auteur. Elke mogelijke gelijkenis met bestaande personen, reeds uitgestorven of nog in leven, of met bestaande situaties, producten of scholen is dus ongewild en berust louter op toeval.*

NEDERLANDSE
**KINDERJURY**
2006

Patrick Lagrou
Vampiersoep
© 2005 Clavis Uitgeverij, Hasselt – Amsterdam
Omslag en illustraties: Peter de Cock
Trefw.: griezelen, vampiers
NUR 283
ISBN 90 448 0502 9 – D/2005/4124/106

www.clavis.be
www.clavisbooks.nl

# Patrick Lagrou

# Vampiersoep

met illustraties van Peter de Cock

Clavis

*'Een vampier is een wezen dat niet meer leeft.'*
Citaat uit het *Boek der Vampiers* van A. La Val

# Een

*Vrijdag 20 oktober, 's avonds*

'Chef, doen we dat laatste graf ook nog vandaag?'

Het gebochelde ventje spuwde in zijn handen en greep opnieuw de moker vast. Vol verwachting keek hij naar Max Drecq die aan de andere kant van het graf stond. Maar in plaats van een antwoord te geven keek de grafdelver op zijn horloge.

'Ik zou niets liever willen,' zei hij, 'maar dan krijg ik problemen krijg met Rosalie, vrees ik.'

'Met mijn vrouw?!' lachte het ventje. 'Maar, chef, hoe kom je daarbij?'

'Wardje, ben je misschien vergeten welke dag het vandaag is en hoeveel overuren je al hebt gemaakt?'

'Hoe laat is het misschien, chef?'

'Kwart voor zeven!' zei Drecq. 'De zon is net onder!'

'Oei oei,' riep het ventje, 'oei oei, ik zal me maar haasten of Rosalie is niet meer te pruimen. Goed dat je me eraan herinnerde, chef.'

Max Drecq lachte in zijn vuistje. Dat was precies de reactie waarop hij had gerekend. Hij wist dat de vrouw van zijn hulpje sinds jaar en dag op vrijdagavond in de supermarkt haar wekelijkse inkopen deed. Dan had ze hem altijd nodig om de zware zakken te helpen dragen.

'En, chef, doen we dat laatste graf dan maandag?'

'Ik weet het niet, Wardje. Misschien begin ik er nu meteen nog aan.'

'Maar, chef, zou je niet beter wachten tot na het weekend? Over een halfuur is het helemaal donker en zie je geen hand meer voor ogen.'

'En jij, zou jij niet beter meteen naar huis gaan? Je komt nauwelijks nog op tijd!'

'Je hebt gelijk, chef. Goed weekend en tot maandag, hé.'

'Ja, tot maandag, Wardje, en maak mijn groeten over aan Rosalie.'

'Zal ik zeker doen, chef.'

Het gebochelde ventje keerde zich om en zocht zijn weg tussen de graven.

Max Drecq wreef zich in de handen. Hij zag hoe zijn hulpje zich naar de uitgang van de begraafplaats haastte. Nog even geduld en dan kon hij met het serieuze werk beginnen. Zo'n nieuwsgierige pottenkijker als Wardje kon hij daarbij best missen. Nu de zon

helemaal was ondergegaan, mocht hij ervan uitgaan dat niemand zich nog op het kerkhof zou wagen. Dit deel was wel voor het publiek afgezet, maar je wist het maar nooit.

Al een hele week waren ze hier oude graven aan het uitbreken, graven die al meer dan honderd jaar oud waren en waar niemand nog naar omkeek. Niet toevallig was het ook het meest lugubere gedeelte van de begraafplaats. Overal schoot het onkruid de hoogte in. Geen enkele steen stond nog helemaal overeind. De meeste lagen schots en scheef en sommige graven stonden op instorten. Vele stenen waren gebarsten en zaten onder een dikke laag mos. De opschriften die nog zichtbaar waren, kon je maar met de grootste moeite ontcijferen. Eigenlijk konden ze niet meer te weten komen wie in die graven lag. Natuurlijk waren er nog de registers op het secretariaat. Maar de tekst was zo verkleurd dat je bijna een vergrootglas nodig had om de letters te kunnen lezen. Binnenkort, als ook dit laatste graf was opgeruimd, zou hij het hele register in de kachel gooien. Maar eerst moest hij er nog in slagen om dit graf open te krijgen. Als hij zich niet vergiste, zat hieronder nog een kelder. Dan zou het kinderspel zijn om de kist terug te vinden en te ontdekken of er nog iets waardevols in lag.

De voorbije week hadden ze tientallen lijkkisten

opengebroken, maar veel bijzonders had dat niet op-geleverd. Hopen beenderen hadden ze bij elkaar ge-scharreld. Die had Wardje met zijn kruiwagen naar de knekelput gevoerd. Eén kist was uit de toon geval-len. Toen ze hem open kregen, waren ze eventjes ge-schrokken. De vrouw die erin lag, was beter bewaard gebleven dan alle anderen samen. Dat het geen man was, hadden ze onmiddellijk gezien aan de vuilgrijze trouwjurk en de lange, gekrulde haren die nog ta-melijk intact waren. Voor de rest zag ze er meer uit als een uitgedroogde mummie dan als een skelet. Toch onderging ze hetzelfde lot als haar soortgenoten. Net zoals de anderen werd ze door Wardje op de kruiwa-gen geladen en even later met kist en al in de knekel-put gekieperd. Hier gebeurde alles zonder veel om-haal. De begraafplaats was nu eenmaal te klein gewor-den. Dus moesten de oudsten zonder pardon het veld ruimen. En ook voor de bewoner van graf 2C, waar Max Drecq nu bij stond, zouden ze geen uitzondering maken.

Toen ze in het begin van de week met de oprui-mingswerken begonnen, had Max Drecq, als officiële grafdelver van Loxleyde, meteen beslist dat hij dit graf als laatste zou nemen. En vooral, dat er bij het openbreken ervan niemand aanwezig zou zijn. Daar had hij zo zijn redenen voor. Graf 2C van sector 001 lag in het oudste gedeelte van deze begraafplaats aan de rand van de duinen. Dat bewuste graf had hem al geboeid vanaf de eerste dag dat hij hier zelf als hulpje aan het werk ging. En dat was al vele jaren geleden. Ondertussen had hij al heel wat lijken zien komen en gaan. Toch was hij er snel achtergekomen dat dit graf een van de eerste was die ze hier meer dan honderd twintig jaar geleden hadden gedolven. Loxleyde was toen nog een opkomend badplaatsje midden in de duinen. Max Drecq had het heel merkwaardig gevonden dat er toen al zo'n indrukwekkend grafmonument was opgericht. De overledene was ongetwijfeld heel rijk geweest, vermoedelijk een toerist die van heel ver naar hier was gekomen. Dat had hij kunnen afleiden uit die vreemde naam. De letters ervan waren vandaag nog amper leesbaar. Maar Max Drecq was hem nooit meer vergeten. 'Snotferatoe' heette die vent, *Nicolai Snotferatoe, alhier gestorven in 1885.* Waar hij vandaan kwam, was niet meer na te gaan. De letters waren kleiner, minder diep uitgehakt en zelfs toen al helemaal uitgevreten. Alleen de eerste vijf had Max Drecq nog kunnen ontcijferen. 'Trans ...' had hij gelezen. Maar wijzer was hij er niet van geworden. En eigenlijk was het ook niet belangrijk voor hem. Wat hij wél wilde weten, was of die kist nog iets waardevols bevatte. Dat wilde hij uitzoeken voor het

aardedonker werd. En tegen dat de maan helemaal op-
kwam, zou de rest van de inhoud in de knekelput bij
al die andere botten liggen ...

Hij greep de moker stevig vast en zo hard als hij
maar kon, sloeg hij ermee tegen de arduinen plaat.

# T

'Zeg, Andy, ken jij die mop van die drie vampiers die samen op café gingen?'

De jongen die naast Freddy op de schoolbank zat, begon alvast te grijnzen. Als er iets was waar zijn buur in uitblonk, dan was het wel in het vertellen van sterke verhalen.

'Nee,' fluisterde hij.

'Wel,' zo begon Freddy heel zachtjes, 'er waren eens drie ...'

'Vleerackers!' galmde het opeens door de muisstille studiezaal. 'Mag ik ook eens horen wat jij daar aan je buur te vertellen hebt?'

Freddy zweeg en begon te blozen. De aangebrande mop die daarnet nog op zijn lippen lag, was wel het allerlaatste wat hij de Buffel wilde toevertrouwen.

Iedereen in de zaal hield zijn adem in en prees de Heer dat hij niet in de schoenen van die arme Freddy Vleerackers stond.

'Wel, mijn beste Vleerackers, heb je opeens niets

meer te zeggen? Dat is anders je gewoonte niet. Maar misschien mag de directeur het wel van jou vernemen?'

'W… wel, meneer Buffel,' stotterde de jongen, 'ik wilde alleen maar vragen …'

'Ik hoef het niet meer te weten,' zei de studiemeester. 'Je bent te laat met je excuus. Ga nu meteen naar de directeur en vertel hem dat dit de derde waarschuwing was. Begrepen?'

Freddy knikte. Hij stond langzaam op en voelde hoe een golf van medelijden op hem toe kwam. Iedereen, behalve de Buffel, keek hem met een meewarige blik aan. De anderen wisten maar al te goed wat het betekende als je na een derde keer naar de Paal werd gestuurd.

De tocht door de lange studiezaal was een echte marteling voor die arme Freddy. Hoe graag was hij gewoon in de grond verdwenen. Te laat. Het kwaad was geschied. Zijn drang om toch maar die mop te vertellen, was te sterk geweest. Hij kon het echt niet helpen. En nu moest hij er de gevolgen van dragen.

Zo zachtjes mogelijk opende Freddy de deur van de studiezaal. Pas toen hij buiten was en de deur achter zich had dichtgedaan, voelde hij zich weer wat beter. Maar het ergste moest nog komen …

Via de donkere gangen van de vroegere Duinenabdij liep hij naar de vleugel waar het kantoor van de directeur lag. Nog niet zo lang geleden schreden hier monniken voort, gehuld in donkere pijen. Nu huisden onder deze wijde gotische bogen de leerlingen van een grote kostschool. Het was niet alleen een van de vreemdste, maar ook een van de strengste scholen van het land. In de laatste halve eeuw waren de normen er nauwelijks veranderd. En Freddy zou dat helaas zo meteen weer aan den lijve ondervinden. Want daar in de verte zag hij de massief eikenhouten deur al, die toegang gaf tot het kantoor van de directeur.

Op een glimmende koperen plaat op de deur stond 'ORTWYN N. NOZELAAR'. Daaronder hing een tweede plaatje dat veel ouder was, met het woord 'PRINCIPAAL'. Dat had hem zijn bijnaam 'de Paal' opgeleverd. Zo meteen zou hij die vent recht in de ogen moeten kijken. En dan kwam de bliksem op hem neer ...

Vlak voor de deur bleef Freddy stilstaan. Het angstzweet brak hem uit. Maar er was geen ontkomen meer aan. Hij zou door de zure appel heen moeten bijten. Met grote tegenzin klopte hij aan.

*'Een vampier is nooit helemaal dood.'*
Citaat uit het *Boek der Vampiers* van A. La Val

# Drie

Langzaam kwam de volle maan te voorschijn. Eerst kwam ze voorzichtig gluren aan de horizon, alsof ze er zeker van wilde zijn dat de kust veilig was. Daarna rees het machtige hemellichaam traag maar zeker tot boven de bomen in de verte.

Het hele schouwspel ging echter aan Max Drecq voorbij. Voor de zoveelste keer beukte hij met zijn voorhamer op de arduinen plaat in. Maar de steen gaf geen krimp. Er sprongen alleen enkele schilfers van af. Hoe was dat mogelijk? vroeg hij zich af. In zijn lange carrière van grafdelver had hij wel honderden grafstenen aan gruzelementen geslagen. En nu kreeg hij die plaat maar niet klein, ondanks zijn zware inspanningen.

Als een oude blaasbalg stond hij daar te hijgen. Het zweet stroomde van zijn lijf en op zijn ene handpalm had zich al een dikke blaar genesteld. Straks moest hij zijn plannen nog opgeven. Dan moest hij wel wachten tot maandag. Max Drecq vloekte luid.

Waarom was hij zo snel geweest? Hij had Wardje pas naar huis mogen sturen nadat het ventje die plaat kapot had gekregen. Dat kereltje liep wel rond met een bochel op zijn rug, maar met armspieren als de zijne kreeg hij een gorilla jaloers. Die klus had hem vast niet veel moeite gekost. En nu liep hij ergens te winkelen samen met zijn vrouw.

Woedend gooide Max Drecq de zware moker weg. Hij bleef nog even staan stampvoeten en ging ten slotte op de grafsteen van wijlen meneer Snotferatoe zitten. Een beetje rust kon hij best gebruiken. En misschien vond hij op die manier toch nog een oplossing voor zijn probleem.

Een kwartier lang pijnigde Max Drecq zijn hersenen. Maar geen enkel idee kwam in hem op, integendeel. Door het lange stilzitten op de koude steen kreeg de uitgeputte grafdelver opeens rillingen. Daarnet stoomde hij nog, maar nu kreeg hij het ijzig koud. Straks hield hij aan de hele onderneming nog een fikse blaasontsteking over. Zeker nu er vanuit de grond vochtige nevelen begonnen op te stijgen. Dat was hier heel normaal voor de tijd van het jaar, maar de sfeer op het kerkhof werd er zeker niet gezelliger door.

Ten einde raad besliste hij om het toch maar op te geven. Wat garandeerde hem eigenlijk dat de kist daar onder hem iets waardevols bevatte? Misschien had hij zich al die moeite getroost voor niets! Nee, hij kon maar beter meteen naar huis gaan. De nevelen zouden snel een dicht gordijn vormen, zodat hij niets meer kon zien van de begaanbare grond. En hij wist als grafdelver wel bijna elke steen liggen, maar als de omgeving hier in een witte wattendeken werd gehuld, dan was het ook voor hem geen lachertje om zonder ongelukken de uitgang van de uitgestrekte begraafplaats te bereiken.

Max Drecq besloot om op te stappen. Hij trok zich op aan een van de lugubere beeldjes naast het graf en hoorde plots een droge klik. Met een schurend geluid kwam er beweging in de arduinen plaat waarop hij net nog vruchteloos had staan beuken ...

Bliksemsnel stond de grafdelver weer met zijn voeten op de grond.

'Asjemenou!' riep hij, toen de donkere opening onder de grafsteen zichtbaar werd. 'Ik werk me hier te pletter om in dat graf te komen en een simpele ruk aan een van die beeldjes geeft mij meteen toegang. Wie had dat gedacht?'

Alle kou was op slag uit zijn lijf verdwenen. Dat de nevelen rondom hem alsmaar dichter werden, zag hij niet eens meer. Als bij toverslag flakkerde de goudkoorts weer op!

Haastig liep hij naar de kruiwagen, die nog bij het

vorige graf stond. Hij pakte de petroleumlamp die erin lag, en stak ze aan. Het sterk verouderde ding verspreidde nauwelijks gloed, maar gelukkig baadde de hele omtrek in het zilverwitte maanlicht.

Max Drecq boog zich voorover en hield de lamp in de gapende opening. Een tevreden glimlach gleed over zijn gezicht. In een flits zag hij dat de bodem van de grafkelder helemaal uit zandgrond bestond. Dat was ook zo bij het graf van de vrouw die ze vanochtend hadden gevonden. Het was hem toen al opgevallen dat de beide graven in een uithoek van de begraafplaats lagen, op het stuk dat nog net in de duinen lag. Alle andere graven lagen in vochtige kleigrond, zodat er van de bewoners en hun kist niet veel meer overbleef. Dat lichamen in zandgrond veel beter bewaard bleven, was algemeen geweten. Was het niet in Egypte of in Peru dat je tot vandaag de dag de gaafste mummies vanonder het zand vandaan kon halen? Dus …

De nieuwsgierige blik van de grafdelver viel op een pikzwarte doodskist. Het leek wel een Cadillac in miniatuur. In het licht van de lantaarn glom ze alsof ze nog maar vanochtend in het graf was geschoven.

'Wauw,' riep Max Drecq, helemaal opgewonden, 'wie weet wat voor moois er hier nog uit dit graf te voorschijn komt!'

Maar voor hij de kist kon openen, moest hij haar eerst te pakken zien te krijgen. Hij zou in die ondiepe grafkelder moeten binnendringen. Daar draaide Max Drecq zijn hand niet voor om. Hij was wel meer gewend.

Op handen en voeten kroop hij vooruit. De zware grafsteen lag nu boven zijn hoofd en de zwarte kist kwam heel dichtbij. Toen werd hij het gewaar ...

'Welke vreemde geur hangt hier?' vroeg hij zich af. Lang hoefde hij er niet over te denken.

'Knoflook!' riep hij luid. 'Het is hier bijna zo erg als in een Italiaans restaurant. Bah!'

Hij greep een van de glimmende handvatten van de kist beet en weer trok hij grote ogen.

'Wauw, massief zilver! Dat is een fortuin waard. En zo zitten er vast vier aan deze kist. Wat een geluk dat Wardje naar huis is gegaan.'

Wat waren de tijden veranderd, bedacht Max Drecq. Tegenwoordig waren er begrafenisondernemers die de nephandvatten en de kruisbeelden van de doodskisten verwijderden zodra de familie vertrok. Deze kist zou hem ongetwijfeld veel meer opleveren. Misschien lag er bovenop nog een kruisbeeld van massief goud.

Bij die gedachte kon de grafdelver niet langer wachten. Hij begon te trekken en te sleuren alsof zijn leven ervan afhing. Traag maar zeker schoof de kist met alles wat erin zat over het rulle zand. Maar bij de opening zat ze opeens aan de bovenkant vast.

'Wat krijgen we nu?' vroeg Max Drecq zich af. 'Wat kan daar in de weg zitten? Even voelen ...'

Nauwelijks had hij de bovenkant van de kist aangeraakt of hij schreeuwde het uit van de pijn. Bliksemsnel trok hij zijn hand terug.

'Verdomme!' riep hij. 'Ik ben gestoken door iets scherps.' Het bloed liep langs zijn vingers.

Hij tilde de lamp in de hoogte en toen zag hij de boosdoener.

Over de hele lengte van de kist lag een tak met vlijmscherpe doornen. Dat kon alleen maar wilde roos zijn. Aan die kant van de duinen groeiden daarvan grote struiken langs het kerkhof.

'Welke grappenmaker heeft zich daarmee geamuseerd? Dit heb ik nog nooit meegemaakt. Eerst die knoflookgeur en nu die doornen. Welke verrassingen staan mij nog te wachten?'

Met een stok kon hij de stekelige tak wegduwen. Toen haalde hij de kist moeiteloos uit het graf.

De vier zilveren handvatten schitterden in het maanlicht, maar toch was de grafdelver heel even ontgoocheld toen hij zag dat er op de kist geen kruisbeeld lag.

'Nu ja,' zei hij, en hij haalde zijn schouders op, 'misschien zit er des te meer binnenin.'

Hij liep terug naar de kruiwagen en haalde een koevoet te voorschijn. Hij had niet verwacht die nodig te hebben. Meestal waren de lijkkisten die hij bovenhaalde, zo vermolmd dat ze meteen uit elkaar vielen. Nu zou hij zich zelfs moeten inspannen om het deksel eraf te krijgen.

Heel voorzichtig zette hij het uiteinde van de koevoet op de juiste plaats. Normaal zou hij veel ruwer te werk gaan, maar omdat alles er zo nieuw uitzag, durfde hij niet goed.

Langzaam kwam er beweging in het deksel. Maar toen stond hij alweer voor een nieuwe verrassing. De kist was dichtgemaakt met grote zilveren spijkers. Zijn vreugde kon bijna niet meer op. Als ze al massief zilver gebruikten om het geheel dicht te spijkeren, dan was het lijk zelf vast begraven met een pak juwelen erbij.

Zo snel hij kon, wrikte Max Drecq het deksel los. Als een razende ging hij tekeer. Nog even en hij wist wat er in de kist zat ...

Met een dreun viel het deksel op de grond.

De grafdelver had door zijn macabere beroep al veel gezien en meegemaakt. Toch kon hij zijn ogen niet geloven ...

*'Een vampier krijgt moeiteloos macht over iemand.'*
Citaat uit het *Boek der Vampiers* van A. La Val

# Vier

Freddy was ondertussen bloednerveus. Al bijna twintig minuten stond hij voor de deur te schilderen.

Nadat hij had geklopt, was het rode lichtje tegen de muur meteen aangefloept. 'WACHTEN' stond er in kleine letters. Een andere keuze had Freddy dus niet. Maar dat de directeur hem hier zo lang zou laten staan, had hij niet verwacht. Was dit al een onderdeel van zijn straf? had hij eerst gedacht. Maar toen zijn oren aan de stilte van de omgeving gewoon waren, had hij flarden van een gesprek opgevangen.

Eerst meende hij dat de Paal aan het telefoneren was. Tot hij opeens een andere stem herkende. Ze waren daarbinnen dus minstens met twee. En blijkbaar was het een erg belangrijk gesprek, want het bleef maar duren. Als Freddy hier nog lang zo moest staan, dan miste hij het avondeten en lag hij vannacht met een lege maag in bed.

Hoe graag wilde hij ervanonder muizen. Maar de Buffel zou hem zeker uithoren en ook de Paal zou

22

niet rusten voor hij wist wie er op zijn deur had geklopt. Nee, Freddy had geen keuze. De situatie zag er nu al niet rooskleurig uit, hij moest het niet nog bonter maken.

Opeens vloog de deur open. Een sjofel geklede man werd door de Paal uitgeleide gedaan.

'U mag er dus op rekenen, meneer de directeur!' zei de man toen hij naar buiten stapte. 'Dat speciale zwembad komt er. Na het weekend beginnen we met de werken.'

'Dat zou prachtig zijn,' zei de Paal terwijl hij de man, die blijkbaar aannemer was, uitwuifde. 'Tot maandag dan, meneer Vandenblunder.'

Nog even bleef de vriendelijke glimlach op het gezicht van de Paal nastralen. Maar zodra de aannemer om de hoek verdween, zakten zijn kaken en kreeg hij zijn gewone barse tronie terug.

'En jij!' blafte de Paal tegen Freddy. 'Wat kom jij hier doen?'

'Wel, meneer de directeur,' zei de jongen handenwringend, 'ik ben door meneer Buffel gestuurd om u mee te delen dat ik voor de derde keer betrapt ben.'

'Ach zo,' zei de Paal met nauwelijks verholen pret. 'En weet jij wat daaraan vastzit?'

'Zeker, meneer de directeur, maar ...'

'Geen gemaar!' blafte de vent. 'Jij wordt geacht het

schoolreglement te kennen. Zeker als je het al enkele keren voor straf hebt overgeschreven. Niet?'

Freddy knikte.

'Wel, dat reglement wordt héél strikt toegepast. Ik zal er dus voor zorgen dat je ouders van de situatie op de hoogte worden gebracht. En daarmee is dan ook alles gezegd. Vleerackers, je kunt gaan!'

En hij sloeg, vlak voor de neus van de arme Freddy, de massieve eikenhouten deur met een klap dicht.

Als Freddy zich haastte, kon hij nog net op tijd in de eetzaal zijn om nog wat te eten. Maar hij had helemaal geen honger meer. Zoals je een straaltje ijskoud water in je nek maar na een tijdje echt voelt, zo drong de omvang van de situatie maar langzaam tot hem door. Op de laatste dag van augustus hadden zijn ouders hem hier op deze *kots*school opgesloten. Uiterst traag waren bijna acht weken voorbijgekropen. Reikhalzend had Freddy uitgekeken naar de herfstvakantie. Nog anderhalve week en hij zou voor de eerste keer weer naar huis mogen. En nu lag dat mooie vooruitzicht aan diggelen. Nu zouden ze hem pas met Kerstmis loslaten. Het leek een eeuwigheid. En dat alles door die stomme mop. Hij begreep niet hoe hij zo stom had kunnen zijn. Maar toch, hij had het niet kunnen tegenhouden. De drang was te sterk geweest!

Zijn stoutste verwachtingen waren overtroffen. Nooit had Max Drecq zich durven voorstellen dat er zoveel in die doodskist zou zitten. Maar goed dat Wardje een oude aardappelzak had meegenomen om alle gereedschap in te stoppen. Die lege zak zou hij kunnen gebruiken om de buit in op te bergen.

Maar eerst moest hij die knekelput zien te bereiken. Als hij zich niet vergiste, was die niet ver meer. Hij zag geen hand voor ogen. De mist was zo dicht geworden dat je hem bijna in plakjes kon snijden. Een gewone bezoeker was op dit kerkhof al lang hopeloos verdwaald. Zelfs Max Drecq had daarnet nog bijna de verkeerde richting genomen. Maar nu liep hij de goede kant op. Hij liep langs het bordje met de tekst *'Verboden toegang voor onbevoegden'.* Gelukkig was hij zelf sinds jaar en dag bevoegd om verder te gaan. En straks zou hij nog veel verder gaan dan hij mocht.

Ondanks de klamme kou gutste het zweet van zijn rug. Het had hem aardig wat energie gekost om die lijkkist met alles erop en eraan in de kruiwagen te krijgen. En de tocht over deze nevelige begraafplaats vergde heel wat van zijn oriëntatievermogen. Maar straks zou hij de vruchten plukken van zijn gezwoeg. Met een rijke buit zou hij vanavond thuiskomen. Natuurlijk moest hij eerst alle sporen van zijn daad perfect uitwissen. Gelukkig was er de knekelput. Die kon trouwens niet ver meer zijn ...

Opeens leek de kruiwagen met zijn zware lading er op eigen houtje vandoor te gaan. Max Drecq moest zich tot het uiterste inspannen om het voertuig tegen te houden. Anders was hij met kruiwagen en al in de knekelput gesukkeld. Door die dichte mist had hij niet gezien dat hij al bij de rand stond. De nevels die als sluiers over de begraafplaats hingen, hadden hem vanavond al enkele keren op het verkeerde spoor gezet. Alsof iemand hem probeerde tegen te houden, of hem voor iets heel ergs wilde waarschuwen. Maar Max Drecq had zich niet laten afleiden, hij was onafgebroken met zijn gedachten bij de inhoud van de kist gebleven.

Ongeduldig rukte hij het deksel los. Straks zou hij er de zilveren spijkers uit kloppen. Maar eerst moest hij dat lijk uit de weg ruimen.

Voor de tweede keer in nog geen halfuur tijd staarde de grafdelver naar het bleke gezicht van het lijk in de kist. Had hij dat graf van Nicolai Snotferatoe niet al zijn hele leven gekend, dan had hij gezworen dat die vent vandaag pas was gestorven. In deze kist had de grafdelver geen skelet, geen ontbindend lijk en zelfs geen uitgedroogde mummie gevonden, maar wel iemand die er nog heel gaaf uitzag, alsof hij elk moment weer overeind kon gaan zitten. Max Drecq huiverde even bij die gedachte. Maar toen wuifde hij die mogelijkheid weg – hij had al te veel doden gezien om zoiets nog te geloven.

In deze kist lag nog iets anders, dat héél veel waarde had … Ontelbare zilverstukken bedekten de bodem. Alleen dat verdomde lijk lag nog in de weg. Maar daar zou Max Drecq zich even snel van ontdoen.

Toen hij de kist voor de eerste keer had geopend, was het hem onmiddellijk opgevallen dat die Snotferatoe in erg keurige kleren was begraven. Het leek alsof de man zijn hele leven als ober in een poepchique restaurant had gewerkt. Net zoals de man zelf had ook zijn keurige, zwarte pak de tand des tijds bijzonder goed doorstaan. Alleen die vreemde kapmantel paste er niet bij. Maar die kwam wel bijzonder goed van pas om het lijk erin te wikkelen en in de knekelput te gooien. Daarna enkele scheppen ongebluste kalk erover en niemand, zelfs Wardje niet, zou het verschil met de andere lijken nog merken.

27

De grafdelver boog zich voorover om het lijk uit de kist te halen en op de grond te leggen. Hij stak zijn handen onder de oksels, trok het stoffelijk overschot naar zich toe en kwam overeind. Het viel hem op dat het lijk opeens minder leek te wegen. Op dat moment begon voor Max Drecq een ware nachtmerrie ...

De grafdelver wilde het lijk neerleggen, maar het bleef opeens op eigen benen staan. Ontzet liet Max Drecq los wat hij vasthad en angstig deinsde hij achteruit. Dodelijk verschrikt zag hij hoe het lijk van Nicolai Snotferatoe weer tot leven kwam. De ogen openden zich en twee bloedrode kijkers staarden hem aan. De dunne lippen plooiden zich tot een grijnslach en weken uiteen tot ze twee vlijmscherpe hoektanden ontblootten.

Als versteend bleef Max Drecq staan. Hij wilde wegvluchten, maar zijn spieren werkten niet meer. Hij was verstijfd van de schrik, zoals een konijn dat door een cobra wordt bedreigd.

Toen schreed Nicolai Snotferatoe traag maar zeker in de richting van de van angst verlamde grafdelver. Zijn wijde kapmantel vouwde zich langzaam open als de vleugels van een reusachtige vleermuis. Hij strekte zijn armen uit zodat de sneeuwwitte manchetten met zilveren knopen te voorschijn kwamen. Maar Max Drecq had geen oog meer voor zilver. Koortsachtig zocht hij de omgeving af naar een uitweg om aan dat schrikwekkende wezen te ontsnappen. Maar het volgende ogenblik had Nicolai Snotferatoe hem al beet. De rollen waren omgekeerd.

Alsof hij zelf een uitgedroogde mummie was, werd de grafdelver de hoogte in gehesen. Hij schreeuwde als een varken dat werd gekeeld. Maar de dichte mist dempte alle klanken. Niemand kon horen welk drama zich op de begraafplaats afspeelde.

Nicolai Snotferatoe draaide zich om en liep als een krachtpatser uit een circus met zijn slachtoffer naar de rand van de knekelput. Hij lachte zijn scherpe hoektanden nogmaals bloot en plantte ze in de hals van zijn slachtoffer. Minutenlang bleef hij zuigen. De spartelende grafdelver voelde hoe zijn krachten wegvloeiden. Hij werd nog bleker dan zijn aanvaller.

Toen er aan de maaltijd een einde kwam, gebeurde het ... Met een bijna onvoorstelbare kracht gooide Snotferatoe zijn slachtoffer de knekelput in. Max Drecq kwam met zijn nek tegen de rand van een lijkkist terecht en hoorde nog even die laatste krak. Toen was de grafdelver, die bijna zijn hele leven tussen de doden had doorgebracht, zelf een van hen ...

*'Een vampier beschikt over bovennatuurlijke krachten.'*
Citaat uit het *Boek der Vampiers* van A. La Val

## Zes

*Op dat moment in de recreatiezaal …*

'Het was gewoon veel sterker dan mezelf. Of ik nu wilde of niet, ik moest gewoon die mop van die drie vampiers vertellen.'

'En krijg ik die nu eindelijk te horen?' vroeg Andy.

'Nu is het niet het goede moment!' riep Molly. 'Door die stomme mop zit Freddy al genoeg in nesten. Jij zou beter je verstand gebruiken en bedenken hoe we voor hem nog aan eten kunnen komen. Die sukkelaar moet straks met een knorrende maag naar bed.'

'En zeggen dat we nog wat eten opzij hadden kunnen zetten,' zuchtte Andy, 'maar door die onnozelaar van een Alfret blijft er niets meer over. Waarom moest hij per se dat laatste bord leegeten?'

'Omdat hij zijn naam niet gestolen heeft. Dat kereltje heeft altijd honger. Hij zit alleen maar op deze school om te vreten …'

'En om te spioneren,' voegde Freddy eraan toe.

'Inderdaad,' zei Molly, 'we mogen vooral niet vergeten dat Alfret Nozelaar ook nog het neefje is van de Paal. Alles wat hij te horen of te zien krijgt, komt zijn oom vroeg of laat te weten. Gelukkig is hij niet al te slim. Anders zaten wij ook al in de problemen. Maar goed, Freddy heeft nog altijd niets om achter de kiezen te steken. Hoeveel tijd hebben we nog voor we naar boven moeten?'

'Nog een kwartiertje en dan moeten we naar onze kamers,' zei Andy.

'Hm, ik vrees dat we dan pas iets kunnen ondernemen,' zei Molly.

'Bedoel je dat we vanavond proberen te ontsnappen uit onze kamers?' vroeg Andy.

'Natuurlijk, hoe komen we anders in de keukens terecht?'

'Maar ... Weet jij dan niet welke straf daarop staat?'

'Tuurlijk wel, dan zit Freddy hier tijdens de herfstvakantie niet meer alleen. Ben jij zijn vriend of niet misschien?' vroeg Molly.

'Jawel,' gaf Andy schoorvoetend toe, 'maar ...'

'Maar wat?'

'Ik kijk er wel naar uit om eens naar huis te mogen.'

'Mag ik ook eens iets zeggen?' vroeg Freddy. 'Ik stel

voor dat ik in mijn eentje iets zoek om te eten. Ik kan toch geen zwaardere straf meer krijgen, ik heb dus niets te verliezen.'

'Geen sprake van,' riep Molly. 'Samen uit, samen thuis! Begrepen?'

De twee jongens knikten. Molly was hun beste vriendin. Ze was een bijzonder pientere meid en ze had het meestal bij het rechte eind. Molly had hen al vaak geholpen. En dat zou ze zo dadelijk ook weer doen. Tenminste, als ze de kans kregen om te ontsnappen.

Vijf minuten later was het zover. Een schrille bel rinkelde luid. Iedereen stond op en verliet stilzwijgend de recreatiezaal …

Een halfuurtje later tikte iemand drie keer kort met een sleutel op de houten deur.

Freddy sprong op van zijn bed en rende naar de deur. Dat was het afgesproken teken. Dit kon alleen maar Molly zijn. Ze was precies op tijd.

De jongen trok de deur open en liet het meisje binnen.

'Is alles vlot verlopen?' vroeg hij.

'Ik heb onderweg geen levende ziel ontmoet. De schrik zit er blijkbaar diep in en de Buffel rekent daar duidelijk op. Er was niet de minste controle.'

'Wedden dat hij al op zijn kamer is!' riep Freddy.

'Ik hoop het. Want als hij inderdaad daar zit, hebben we straks niets te vrezen.'

'Je zult wel zien dat ik gelijk heb. Kom, we zijn weg. Ik sterf van de honger.'

Muisstil verlieten ze het kleine kamertje. Freddy trok de deur geluidloos achter zich dicht en daar stonden ze, in de donkere lange gang. Wat ooit de zolder van een van de vleugels van het abdijgebouw was geweest, was nu omgebouwd tot een gang met aan weerszijden een hele rij kleine kamertjes. In dit gedeelte verbleven de jongens. In een andere vleugel zaten de meisjes. Molly had dus al een hele weg afgelegd.

Zo geruisloos mogelijk slopen ze door de lange gang.

Bijna helemaal aan het eind ervan bleven ze staan. Weer tikte Molly met haar sleutel op een deur. Andy stak zijn hoofd naar buiten.

'Menen jullie het echt?' fluisterde hij zo stil mogelijk.

'En of!' zei Molly kordaat. 'Kom maar mee of je krijgt voor de rest van het jaar geen hulp meer van ons.'

'Dat is niet eerlijk,' zei hij, maar toen zweeg hij en volgde hen.

Nu begon het gevaarlijkste gedeelte. Ze moesten via de trappen naar de keukens, helemaal beneden.

Daar liepen ze het grootste risico iemand tegen het lijf te lopen. Maar niets hield hen tegen.

Op de benedenverdieping was het maar enkele passen van de trap naar de dichtstbijzijnde keuken. Molly duwde dapper de grote toegangsdeur open.

Zoals ze hadden verwacht, was er niemand. De grote keuken baadde in het maanlicht. Het meisje haastte zich naar een van de werkbanken en stak een licht aan. Ze konden nu genoeg zien zonder zelf meteen gezien te worden.

Onmiddellijk viel het hun op dat de keuken er kraaknet uitzag. De tweedejaars hadden blijkbaar hun uiterste best gedaan om alles in orde te krijgen. De Buffel had nu eenmaal veel gezag.

'Ik hoop dat ze nog wat eten hebben overgelaten,' zei Freddy, die nu begon te rammelen van de honger.

'Ik hoop het ook voor jou,' antwoordde Andy, 'maar ik vrees ervoor.'

'Je hebt gelijk,' zei Molly. 'Het is vrijdagavond en alles is opgeruimd voor het weekend. Daar hadden we aan moeten denken.'

'En? Keren we terug naar onze kamers?' vroeg Andy al enigszins opgelucht.

'Helemaal niet,' zei Molly. 'We proberen binnen te komen in de voorraadkelders. Daar vinden we zeker iets.'

'O nee,' kreunde Andy. 'Waarom ben ik toch met jullie meegegaan?'

Maar Molly liet er geen gras over groeien. Snel doofde ze de lamp die ze had aangestoken. In het licht van de maan liepen ze van de ene keuken naar de andere. Enkele dagen geleden had Molly van enkele oudere leerlingen gehoord dat de toegang tot de middeleeuwse kelders helemaal aan het eind van de keukens lag. Nieuwsgierig liep ze door.

De laatste keuken van de drie was de meest ouderwetse. Zonder twijfel was dit ook de keuken geweest die de monniken indertijd gebruikten. Logisch dat je dan van hieruit in de voorraadkelders kon komen.

En inderdaad, precies op de plaats waar Molly het had verwacht, zat een groot luik. Hopelijk was het niet afgesloten. Anders was hun zoektocht ten einde.

Molly pakte een grote ijzeren ring vast en trok eraan. Onmiddellijk kwam het luik naar boven. De twee anderen wilden in een luid gejuich losbarsten, maar hielden zich gelukkig nog net op tijd in.

Vlak voor hun neus liep een eeuwenoude stenen trap naar beneden. De geur die hen tegemoet kwam, was veelbelovend. Daar, in die kelders, lag vast een hele voorraad eten opgeslagen. Freddy zou eindelijk zijn honger kunnen stillen.

Molly deed het licht aan en trok het luik achter

hen dicht. Voorzichtig liep het drietal de trap af.

'Denk je dat ze ons hier kunnen horen?' vroeg Andy opeens.

'Nee, nu niet meer,' zei Molly. 'Maar waarom vraag je dat?'

'Omdat ik dolgraag die mop van die drie vampiers wil horen.'

'Moet dat echt nu, Andy?'

'En waarom niet?'

Molly zuchtte diep, maar zei niets meer. Freddy, die als laatste de trap afdaalde, twijfelde even, maar begon toen toch te vertellen.

'Wel, Andy, er waren eens drie vampiers die op café wilden gaan. Een van de drie was een stokoude ervaren vampier. De twee anderen waren nog heel jong. Ze zochten een heel gezellig café op en ...'

Even zweeg Freddy. Ze waren eindelijk in de voorraadkelder aangekomen.

'Ja, Freddy,' zei Andy, 'en wat gebeurde er toen?'

Maar Freddy gaf geen antwoord. Opeens liep hij heel snel en houterig als een robot naar de andere kant van de kelder. Hij leek helemaal te zijn vergeten waarvoor hij naar hier was gekomen.

Molly wilde hem toeschreeuwen dat hij moest ophouden, maar gelukkig hield ze zich nog net op tijd in. Dit was niet de plaats om betrapt te worden.

Ondertussen ging Freddy er razendsnel vandoor. Straks verloren ze hem nog uit het oog.

Onmiddellijk ging Molly achter hem aan, op de hielen gevolgd door Andy, die er niets van begreep. Ook Molly vroeg zich af wat Freddy opeens bezielde.

Hij was intussen al aan het verre uiteinde van een wijnkelder en vlak bij een poortje stond hij plots stil. Nog even en ze hadden hem te pakken. Maar Freddy stopte nog niet. In een mum van tijd had hij het poortje opengetrokken en voor ze het goed en wel beseften, was hij in de duisternis verdwenen.

Molly zocht koortsachtig naar een schakelaar in de buurt van het poortje. Even vreesde ze dat er vanaf hier geen verlichting meer was, maar toen vond ze toch opeens een knop. Ze drukte erop.Een hele serie lampen floepte aan en een geweldige ruimte baadde opeens in het licht. Het was een grote koepelvormige zaal die helemaal in de kalkrotsen was uitgehakt.

Tot haar verbazing zag ze dat Freddy ondertussen al bijna aan de andere kant van de ruimte was. Hoe had hij dat in die volledige duisternis voor elkaar gekregen?

Zonder na te denken rende ze hem achterna. Net toen hij bij een volgend poortje aankwam, haalde ze hem bijna in.

Freddy had de klink al vast en trok eraan uit alle

macht, alsof zijn leven ervan afhing. Maar het poortje bleef dicht. Toen had Molly hem eindelijk te pakken.

'Wat bezielt jou ineens?' vroeg ze hem kwaad.

'Ja,' voegde Andy er hijgend aan toe, 'waarom vertel je die mop niet verder?'

Maar Freddy gaf weer geen antwoord. Hij draaide zich heel langzaam om en keek de anderen strak aan. Toen pas werd het Molly duidelijk dat er met Freddy iets grondig mis was …

*'Een vampier gaat alleen 's nachts op stap.'*
Citaat uit het *Boek der Vampiers* van A. La Val

# Zeven

'Ik weet helemaal niet wat mij daarnet overkwam,' stamelde Freddy. 'Ik kreeg het plotseling heel warm en ik leek wel naar deze plaats te worden gezogen.'

'Naar dit poortje en blijkbaar nog verder!' voegde Molly er onmiddellijk aan toe. 'Was dit hier niet op slot geweest, dan waren we je misschien kwijtgespeeld. Heb je enig idee hoe dat komt?'

'Helemaal niet!' antwoordde Freddy. 'Ik móést gewoon naar hier komen. Het was sterker dan mezelf. Net zoals met die mop die ik in de studiezaal absoluut moest vertellen. Met alle gevolgen vandien.'

'O ja,' riep Andy, 'dan wil ik nu eindelijk het vervolg van die mop horen. Komt er nog wat van?'

'Genoeg!' riep Molly kwaad. 'Dit is niet de plaats of het moment om een stomme vampiermop te vertellen. Beseffen jullie wel wat we aan het doen zijn?'

Er viel een doodse stilte in de ruimte. Ze werden opeens ook de kilte gewaar, die door hun kleren drong. Molly wilde net voorstellen om op hun stappen terug te keren, toen ze een vreemd geritsel meende te

39

horen. Het kwam van de andere kant van het poortje.

'Sst!' siste ze en ze legde haar oor tegen het vermolm-de hout.

Bijna een minuut lang bleef ze intens luisteren. Maar ze hoorde niets meer. Waarschijnlijk had ze zich vergist. Het bleef zo stil dat je een muis kon horen lopen.

'Wel?' vroeg Freddy uiteindelijk. 'Wat krijg jij nu opeens?'

Molly glimlachte. Nu maakte hij, die net zelf zo vreemd had gedaan, zich zorgen. Blijkbaar was het op-recht, want de vreemde blik van daarnet was helemaal verdwenen.

'Och, niets,' zei het meisje, 'ik dacht dat ik iets hoor-de, maar het zal wel een of ander beestje geweest zijn.'

'Je bedoelt misschien de Buffel?' vroeg Andy en hij schaterde het uit.

'Kop dicht!' riep Molly. 'Of straks staat hij hier nog, slimmerik. En dan zijn wij de pineut.'

De woorden hadden onmiddellijk effect en Molly profiteerde van de situatie door de twee jongens bij de armen te pakken en met zich mee te trekken. Even later stonden ze weer bij de wijnkelder van daarnet.

Zorgvuldig doofde Molly het licht en sloot het poortje tot de koepelvormige ruimte af. Door de lan-ge wijnkelder liepen ze terug naar de voorraadkelder, om eindelijk iets eetbaars te vinden. Daar waren ze tenslotte voor gekomen. Ze hoefden niet echt te zoeken, integendeel. Overal aan de zoldering hingen hammen, salami's en allerlei soorten worsten te drogen.

'Ik hoop dat je nog honger hebt,' zei Molly toen ze een lange slinger droge worstjes in het oog kreeg. 'Wat denk je daarvan?'

'Een aantal ervan speel ik wel naar binnen!' riep Freddy dolgelukkig.

'O ja,' riep Andy op zijn beurt, 'ik zou er ook nog wel eentje lusten.'

'Jij zult niets,' zei Molly streng. 'Jij hebt al gegeten en hij nog niet. Straks word jij nog zo vet als die Alfret Nozelaar. Trouwens, waar zou dat kereltje nu zitten? Want als er iemand is voor wie we moeten oppassen, dan is hij het wel.'

'Och, maak je maar geen zorgen,' zei Andy. 'Het ventje ligt vast te snurken als een varken. Heb je gezien hoeveel hij vanavond naar binnen gespeeld heeft?'

'Ik hoop dat je gelijk hebt,' zei Molly en ze gaf een ruk aan de slinger zodat een vijftal worstjes losschoot.

'Is dat genoeg?' vroeg ze aan Freddy.

'En of,' zei de jongen, 'want als ik er meer eet, dan sterf ik vannacht van de dorst. Dan moeten we weer op pad om iets te drinken te vinden. En dat wil ik jullie niet meer aandoen.'

'Kom, mannen,' riep Molly, 'tijd om naar onze kamers terug te keren. Ik vind dat we voor vanavond ver genoeg geweest zijn.'

Zwijgend liep het drietal de trap op. Ze waren nog maar net boven of het schoot Andy weer te binnen: 'Ik heb nu nog altijd niet die mop gehoord,' fluisterde hij.

'Dat zal voor een andere keer zijn,' zei Molly. 'Vanaf hier kunnen ze ons te gemakkelijk horen. En zoals jij kunt gieren van het lachen ...'

Ze duwde het luik open en spitste haar oren. Ze kreeg opeens de indruk dat ze niet langer alleen waren. Het was net alsof iemand hen opwachtte en hen van een veilige afstand in het oog hield.

'Wel?' vroeg Freddy met een stuk worst tussen zijn tanden. 'Ga jij hier wortel schieten?'

Molly gaf geen antwoord en liep door. Toch was ze er niet gerust op. Voor de tweede keer vanavond kreeg ze de indruk dat er iets niet pluis was. Maar ze besliste er niet met de jongens over te spreken.

Op de terugweg naar boven voelde ze zich helemaal niet op haar gemak. De hele tijd probeerde ze als een kat de duisternis te doorboren. Alsof ze zo iets verdachts zou kunnen ontdekken.

Molly slaakte een zucht van opluchting toen ze de zolder van de jongens bereikten. Andy en Freddy namen afscheid van haar en zochten hun kamer op. Nu moest ze nog ongezien in het deel van de meisjes komen. Gelukkig kende ze de weg bijna blindelings.

Op haar nachtelijke tocht door de donkere gangen moest Molly voortdurend denken aan Freddy's vreemde gedrag. Eerst wilde hij per se die vampiermop vertellen in de studiezaal en daarnet sloeg hij opeens op de vlucht door de kelders van dit oude gebouw ... Wat had hem daartoe aangezet? En wat zat er achter dat poortje verscholen dat zo'n vreemd geluid maakte?

Molly liep langs een van de dakramen en haar blik viel op het landschap in de verte. Ze kende het maar al te goed. Ze had het vaak genoeg vanuit haar kamer bekeken: een stukje zee, wat strand, de duinen en die verwaarloosde villa daar boven op de kliffen. Toen ze nog geen uur geleden naar de jongens vertrok, had ze het donkere silhouet van de villa in het maanlicht gezien. Maar nu was er iets veranderd ... Achter een van de ramen brandde licht!

Bijna een minuut lang staarde Molly naar buiten. Ze was zo door dat verlichte raampje geboeid dat ze helemaal niet merkte dat een donkere figuur haar vanaf een veilige afstand gadesloeg.

Op zijn gezicht verscheen een vreselijke grijnslach ...

*'Vampier word je als je door een andere leeggezogen bent.'*
Citaat uit het *Boek der Vampiers* van A. La Val

# Aoht

*Maandag 23 oktober, even voor halftien 's ochtends*

'En vandaag leer ik jullie hoe je bloedworst maakt!'

De leerlingen slaakten een diepe zucht. Het tweede lesuur was net begonnen en zoals elke maandagochtend waren ze allemaal nog doodmoe van het drukke weekend. Ze hadden zowel op zaterdag als op zondag moeten werken in de keukens van het schoolrestaurant. Die nieuwe regeling had meneer Nozelaar getroffen toen hij een jaar geleden directeur van de school werd. Volgens hem moesten de leerlingen van de hotelschool de theorie zoveel mogelijk aan de praktijk kunnen toetsen. Daarom had hij restaurant 'De Vleesboom' uit de grond gestampt.

Bij het begin van het schooljaar had het restaurant met de nodige luister zijn deuren geopend. Het was ondergebracht in een van de mooiste vleugels van de vroegere abdij en bood een prachtig uitzicht op zee. Iedereen uit Loxleyde en omgeving kon hier tijdens het weekend voor een zacht prijsje komen eten. In nog geen maand tijd was het een reusachtig succes geworden. Het hele project draaide bovendien volledig op de inzet van de leerlingen van de school. De derde graad bereidde het eten, de tweede graad serveerde en de eerste graad deed het vuile werk in de keuken of ruimde af. Volgens de Paal was dit systeem voor alle leerlingen de beste leerschool om het beroep helemaal onder de knie te krijgen. Niets kon immers de praktijk evenaren. Dát was de officiële reden ...

Maar ondertussen wist iedereen dat restaurant 'De Vleesboom' voor deze privé-school stilaan een goudmijntje werd. Ten koste van de leerlingen werd grof geld verdiend, maar niemand durfde daar met een woord over te reppen. Meneer Nozelaar duldde geen kritiek.

Zoals elke zondagavond waren de laatste klanten van het restaurant pas laat opgestapt. Daarna moest nog heel wat worden opgeruimd. Dat was de taak van de leerlingen van de eerste klas. Pas in de vroege uurtjes hadden ze hun bed kunnen opzoeken. Maar niemand van hen had vanochtend wat langer mogen slapen. Stipt om halfnegen begon het eerste lesuur: voedingsleer, het vak dat mevrouw Kieckens gaf. Vandaag had ze een hele verzameling exotische vruchten meegebracht. Ze mochten die in kleine stukjes snijden en iedereen mocht ervan proeven. Dat was het leuke aan die les. Je hoefde er helemaal niet met je gedachten bij te zijn.

Vandaar dat de meeste leerlingen er zich tijdens het tweede lesuur al bijna niets meer van konden herinneren. Toch had Freddy één ding heel goed onthouden. Toen ze de klas binnenkwam, had mevrouw Kieckens immers verteld dat ze in de supermarkt geen enkele bloedsinaasappel meer had gevonden. Iemand had de hele partij net voor haar neus opgekocht. Op het moment waarop ze dat vertelde, had Freddy het heel warm gekregen. Tegelijk was er een siddering door zijn lijf gegaan. Vooral toen hij het woord 'bloedsinaasappel' hoorde. En weer begreep hij zichzelf niet meer.

Van de rest van de les had hij nauwelijks nog iets gehoord. Omdat hij net als de anderen doodmoe was, maar ook omdat het varken in de klas ernaast veel te lang was blijven kermen. Mevrouw Kieckens had zich daar een paar keer over opgewonden. Ze vond dat het niet kon dat er uit de klas van meneer Devleeschouwer zoveel lawaai kwam. Het was dan ook in die klas dat de eersteklassers nu zaten.

Dat ze hier tijdens het vorige lesuur een varken hadden geslacht, was duidelijk te zien. De leerlingen van het tweede jaar waren blijkbaar bijzonder onhandig te werk gegaan. Het bloed was bijna tot tegen de zoldering gespat. Overal slingerden nog ingewanden rond. Bepaalde plaatsen van de tegelvloer waren spiegelglad door de uitgesmeerde drek. Maar het eindresultaat was toch nog behoorlijk. Aan twee haken hingen de twee delen van het varken dat overlangs doorgesneden was. Het vlees was zo vers dat er nog steeds bloed van de halve snuiten in een emmer druppelde. Met het materiaal waarvoor de leerlingen van het tweede jaar hadden gezorgd, zouden de eerstejaars nu de les van meneer Devleeschouwer voortzetten.

'Dus, zoals ik daarnet al heb gezegd,' sprak de man, 'zal ik jullie nu leren hoe je bloedworst maakt.'

De hele klas keek meneer Devleeschouwer aan en wendde toen weer de blik naar de grote emmer boordevol varkensbloed. Alle leerlingen wisten dat ze een van de beste leraars van de school voor zich hadden. Meneer Devleeschouwer was immers de laatste telg van een roemrucht geslacht van slagers en pensensnijders. Hij doceerde hier op school het edele vak 'Van slachten tot fijne vleeswaren', een van de belangrijkste vakken in het eerste jaar. Na nieuwjaar zouden ook zij hun eerste stappen mogen zetten op het pad van slachter. Andy rilde al bij de gedachte dat hij straks een kip de kop moest afhakken, er dan de pluimen afrukken en de buik vol vieze ingewanden opensnijden. Gelukkig had hij nog enkele maanden om te kunnen wennen. Wie weet viel het tegen dan best mee.

'Dus, wat hebben we nodig?' vroeg meneer Devleeschouwer met krachtige stem. 'Om te beginnen, vers bloed!' En hij wees naar de bewuste emmer.

'En dit bloed is inderdaad vers,' benadrukte hij. 'Nog geen uur geleden liep dat varken hier in deze klas rond.'

Andy dacht opeens aan meneer Buffel en hij proestte het bijna uit. Alle anderen echter richtten hun blik op de haken met de twee helften van het varken. Een gevoel van medelijden maakte zich van de klas meester.

'Daarnaast,' zo ging de leraar voort, 'hebben we ook nog een keur van ingewanden nodig. Die zullen we straks een voor een door de vleesmolen draaien.'

Meneer Devleeschouwer liep naar de hoek van de klas en tilde met beide handen een grote kuip op die daar stond. Hij zette de hele kuip, met inhoud en al, met een plof op zijn tafel neer. Daarna stroopte hij ijverig zijn mouwen op.

Terwijl hij met beide handen in de smurrie dook, sprak hij verder : 'Longen, echte varkenslongen hebben we nodig. Per tien liter bloed moet je er ongeveer vijf tellen. Daarom heb ik nog wat extra meegebracht.'

Als een trofee hield meneer Devleeschouwer de

twee rooskleurige longen van het arme varken hoog in de lucht. Andy moest er bijna van kokhalzen.

'Enkele magen of andere vette ingewanden mogen er ook nog bij. Maar vergeet vooral de kaantjes niet. Trouwens, wat zijn kaantjes ook alweer?'

Molly stak haar vinger op en mocht antwoorden.

'Dat zijn stukjes uitgebraden varkensvet, meneer.'

'Heel juist, meisje, heel juist. En wat hebben we dan nog te kort?'

Niemand antwoordde. Maar dat had meneer Devleeschouwer ook niet verwacht.

'Om het geheel op smaak te brengen, hebben we nog een kilo gebakken ajuin nodig, zwarte peper, kaneel en piment. Hebben jullie dat allemaal mooi opgeschreven?'

De hele klas knikte.

'Goed, dan kunnen we beginnen ...'

De leerkracht verdeelde meteen de taken. Molly, Freddy en Andy boften. Ze hoefden zich niet vuil te maken aan het bloed of de ingewanden. De leraar droeg hun op de uien te pellen en bruin te bakken in een reusachtige koekenpan.

'Nemen jullie die zak maar,' riep Molly. 'Ondertussen warm ik de pan.'

De twee jongens grepen de zak vast en haalden er een aantal vuistgrote uien uit.

'Die moeten jullie nu pellen en in ringen snijden,' legde Molly uit. 'En pas op dat je niet in je vinger snijdt!'

Dat laatste was tot Andy gericht. De jongen zwaaide even vervaarlijk met een breed groentemes, maar begon toen vlijtig uien te snijden.

Ondertussen begonnen de andere leerlingen van de klas ijverig met het vermalen van de ingewanden. Ze hadden er veel plezier mee. Enkelen begonnen al met stukken darm en hersenkwabben naar elkaar te gooien. Maar dat spelletje duurde niet lang. Meneer Devleeschouwer die nogal van aanpakken wist, deelde enkele rake oorvijgen uit en meteen keerde de rust weer.

Hij knikte goedkeurend naar Andy. Die had al een kleine berg fijngesnipperde uien voor zich liggen.

Zodra de leraar hen de rug toekeerde, begon Freddy te ginnegappen.

'Maar Andy toch,' lachte hij, 'je moet niet huilen, jongen. Dat varken vindt het heus niet erg dat wij nu worsten van hem maken.'

'Maar ik huil helemaal niet om dat varken,' zei Andy. 'Ik krijg tranen in mijn ogen door die uien.'

Toen barstte de hele klas in lachen uit. Ook meneer Devleeschouwer kon zich niet goed houden.

De luchtige sfeer bevorderde de werklust en nog

geen uur later hingen er vlak naast het doorgesneden varken enkele meters zwarte bloedworst aan de haak. De leraar was bijzonder tevreden met het resultaat en hij prees zijn leerlingen uitbundig. De worsten mochten gezien worden. Maar of de leerlingen er ooit van zouden eten, was een andere zaak.

Terwijl iedereen bezig was zich schoon te maken, weerklonk opeens een schril gerinkel door de hele abdij. Dat was het teken waarop iedereen wachtte. Het laatste lesuur van de dag begon. En daarna kwam eindelijk de vrije middag waar alle leerlingen van de school al bijna een week naar uitkeken. Maar eerst kregen Molly, Freddy, Andy en de andere eerstejaars nog een les receptenleer. De naam van het vak beloofde iets bijzonder saais, maar toch vielen deze lessen wel mee. Meneer Isidoor Paelinck, een nieuwe leraar, omkleedde zijn uiteenzettingen met zoveel boeiende verhalen dat de tijd wel voorbij leek te razen. Het was dan ook met gespannen verwachtingen dat de leerlingen van het eerste jaar de receptenklas binnenliepen.

'Ik heb goed nieuws voor jullie,' was het eerste wat meneer Paelinck tegen hen zei. 'Ik heb van jullie directeur de toelating gekregen om een schrijver in de klas uit te nodigen. Op de school waar ik vroeger les gaf, was het al jaren de gewoonte dat we een auteur van een kookboek langs lieten komen. Ik hoop dat ik die traditie ook hier kan invoeren.'

Bij het horen van die woorden wreef iedereen zich in de handen. Sommigen, zoals Molly, vonden het een boeiende kans om eens een origineel geluid te horen. Maar de meeste anderen waren gewoon blij omdat ze dan geen les zouden krijgen.

'En wat gebeurt er dan tijdens zo'n auteurslezing?' vroeg Molly.

Tijdens een les van meneer Paelinck mocht je gewoon hardop en zonder toelating vragen stellen.

'Dat is een heel interessante opmerking,' antwoordde de leraar. 'Maar wát jullie dan meemaken, hangt volledig af van de persoon die wordt uitgenodigd. Sommige auteurs maken het zich makkelijk en lezen alleen maar voor uit hun boek. Dan kan zo'n lezing wel saai worden. Anderen maken het zich wat moeilijker en laten de klas vragen stellen. Maar dat veronderstelt dan ook dat jullie het receptenboek vooraf gelezen hebben. Ten slotte zijn er ook een paar auteurs die een aantal recepten demonstreren en daarbij heel boeiend kunnen vertellen. Van die mensen heb ik een lijstje samengesteld. Jullie krijgen allemaal een kopie ervan en mogen zelf kiezen wie met welk boek wordt uitgenodigd. Zet gewoon een kruisje naast de naam van de auteur en de titel van het boek. Ik geef jullie tien minuten de tijd om wat te overleggen met elkaar. Maar zorg er dan wel voor dat het hier niet te rumoerig wordt zodat we de andere lessen niet storen. Begrepen?'

Iedereen knikte tevreden.

Deze manier van werken was typisch voor meneer Paelinck. Hij was de enige leraar die leerlingen liet meebeslissen. Het was duidelijk aan hem te zien dat hij vroeger elders had gewerkt. Molly vroeg zich in stilte af hoe lang ze hem hier op deze strenge school zouden dulden.

Nieuwsgierig bekeek ze het lijstje. Ze vroeg zich af welke auteur en welk boek Andy en Freddy zouden kiezen. Ze keerde zich om om het hun te vragen en schrok. Freddy, die achter haar zat, leek weer zo'n vreemdsoortige aanval te krijgen. Als een zombie staarde hij naar het briefje. Het leek alsof iemand hem had gehypnotiseerd. Zijn ogen zagen er weer eigenaardig uit, bijna bloeddoorlopen. Molly vreesde dat hij elk moment weer iets doms kon gaan doen. Gelukkig was meneer Paelinck absoluut geen strenge leraar, maar je wist het maar nooit.

Toen slaakte ze een zucht van opluchting. Freddy leek zich weer te ontspannen. Snel liep ze het lijstje door en op slag werd haar duidelijk waarom Freddy zo raar had gedaan. Ook wist ze meteen welke auteur er het best naar deze school kwam. Molly draaide zich om en probeerde zoveel mogelijk klasgenoten van haar keuze te overtuigen. Gelukkig had ze daar niet veel moeite mee.

Tegen dat de leraar bij haar bank was om de ingevulde briefjes op te halen, had ze bijna iedereen over de streep gekregen. Bovendien was Freddy weer helemaal de oude. Een dubbele opluchting voor Molly.

Toen de laatste leerling zijn briefje had afgegeven, nam meneer Paelinck weer plaats aan zijn tafel. Hij was van plan de blaadjes op verschillende hoopjes te rangschikken volgens auteur en boek. Maar bijna alle briefjes kwamen op hetzelfde hoopje terecht. Meneer Paelinck begon te tellen ... Bijna de hele klas had voor dezelfde auteur en hetzelfde boek gekozen.

De leraar stond op en glimlachte breed.

'Met genoegen kan ik jullie vertellen dat jullie bijna unaniem hebben gekozen voor de auteur die ook ik het liefste wilde uitnodigen. Het wordt dus onze bekende specialist Anton La Val met zijn befaamde *Griezelkookboek*!'

De hele klas juichte. Molly, die het boek al kende en ook de andere boeken van La Val had gelezen, jubelde inwendig. Ze had haar zin gekregen. Maar toen begon opeens de twijfel te knagen. Zou deze heel bijzondere auteur ooit op deze school worden toegelaten?

*'Een vampier blijft altijd in de buurt van zijn doodskist.'*
Citaat uit het *Boek der Vampiers* van A. La Val

# Negen

*Maandag 23 oktober, rond halftwee*

'VANDENBLUNDER, Algemene Bouwwerken' stond er op alle voertuigen die vlak bij de toegangspoort van het scholencomplex geparkeerd waren.

Niemand van de grote meute leerlingen die op het strand zouden worden losgelaten, sloeg er acht op. Ze waren allemaal veel te blij dat hun enige vrije middag in de week aangebroken was. Hoewel die vrijheid niet zo veel inhield. Tot halfvijf mochten ze tussen de waterlijn en de duinen over een lengte van bijna een kilometer over het strand uitzwermen. Eens goed verluchten, zoals de Paal het bij het begin van het schooljaar had uitgelegd. Tijdens die drie uur in de open lucht mochten ze rondlopen, spelen, sporten of met elkaar kletsen. Maar het was ten strengste verboden je buiten de afgebakende zone te begeven. Vanaf een hoge duin hield meneer Buffel toezicht. Om zeker te zijn dat hij niemand uit het oog verloor, had hij zijn verrekijker bij zich. Officieel om de zee- en strandvogels te bestuderen, maar in werkelijkheid om te voorkomen dat een van zijn vogels op de vlucht zou slaan.

Terwijl ze de school uit liepen, piekerde Molly erover hoe ze zich aan de spiedende blik van meneer Buffel kon onttrekken. Sinds ze dat licht in die verwaarloosde villa had zien branden, vroeg ze zich bijna voortdurend af wie daar opeens was komen wonen. Ze had er nooit eerder een teken van leven gezien. Er stond ook nooit een auto bij de toegang. Niemand liep er binnen of buiten. En er brandde geen vuur, want uit de schouw kwam nooit rook. Maar de laatste dagen scheen er, zodra het helemaal donker was, licht in een van de kamers. Altijd achter hetzelfde raam. Dat was nu al drie nachten het geval. Een keer dacht ze iemand te zien bewegen achter het raam. Molly wilde er eindelijk het fijne van weten. Ze zou die villa proberen te bereiken en er aanbellen. Tenminste, als ze erin slaagde aan de spiedende blik van meneer Buffel te ontsnappen.

Opeens viel haar oog op de verschillende bedrijfsvoertuigen die bij de ingang van de school geparkeerd stonden. Bij een ervan, een bestelwagen, stonden de portieren achteraan open. Voorin zaten twee werklui. Ze waren net klaar met eten en het leek alsof ze gingen vertrekken. Misschien kon Molly stiekem liften?

Ze liep helemaal achteraan. Als ze nog even draalde, dan was er niemand meer achter haar en kon ze haar plannetje uitvoeren. Van meneer Buffel hoefde ze niets te vrezen, want die liep voorop.

Een tel later wipte ze als een hinde in het voertuig. De deken die ze al had zien liggen, trok ze over zich heen. Daarna maakte ze zich zo klein mogelijk, zodat niemand nog op haar zou letten.

Enkele minuten lang bleef ze doodstil liggen. Ze begon al te vrezen dat ze zich had vergist, maar toen stapte een van de werklui uit, terwijl de ander de motor startte. Zoals Molly had verwacht, sloeg hij de beide portieren dicht zonder ook maar iets verdachts te merken. Hij stapte in en de bestelwagen vertrok. Eerst bleef de weg vlak en Molly wist dat ze nu langs het strand reden. Dat hoorde ze ook aan het lawaai van de leerlingen die ze inhaalden. Maar meteen daarna begon de wagen te stijgen. De chauffeur was begonnen met de beklimming van de hoge duinen. Die tocht, die heel traag verliep, zou pas eindigen bij de kliffen, niet ver van de verwaarloosde villa waar ze wilde zijn.

Aangezien de twee werklui vanaf hun plaats niet in de laadruimte konden kijken en de wagen ondertussen iedereen was gepasseerd, meneer Buffel inbegrepen, durfde Molly de deken weg te trekken.

Door de achterruit zag ze in de verte de zee, het schiereiland met de abdij, het strand en de duinen. Het zou niet lang meer duren voor ze de bovenkant van de kliffen bereikten. Vanaf dat moment zou het voertuig weer veel harder kunnen rijden. Voor het zover was, moest Molly zien te ontsnappen. Heel moeilijk kon dat niet zijn. Ze moest er alleen maar voor zorgen dat het tweetal vooraan niets verdachts hoorde.

De bestelwagen begon aan het laatste steile stukje. De wagen stond bijna stil, zo langzaam ging het. Nu! dacht Molly.

Heel voorzichtig trok ze de klink naar beneden en het portier draaide open. Zonder nadenken sprong ze. Ze kwam gelukkig stevig op beide voeten terecht en als de bliksem rende ze de duinen in en verborg zich achter een struik.

Maar dat was niet eens nodig. De chauffeur had immers nog altijd niets gemerkt en tufte rustig verder. Molly zag hem langzaam uit het zicht verdwijnen.

Toen keerde ze zich om en lachte tevreden. Ze had inderdaad het juiste moment gekozen. De plaats waar ze uit het voertuig was gesprongen, lag tussen twee duinen. Niemand had haar vanaf het strand kunnen zien. Haar ontsnapping was een compleet succes. Nu kwam het erop aan zo snel mogelijk de villa te bereiken.

'Gezellig' was niet bepaald het woord waarmee je dit gebouw kon beschrijven. Dat was het eerste wat Molly dacht, toen ze hijgend voor de verwaarloosde villa stond.

De grijze, arduinen blokken waaruit het geheel was opgetrokken, gaven het bouwwerk een bijzonder troosteloos uitzicht. Geen wonder dat daar niemand wilde wonen en dat het zo lang leeg had gestaan. Maar door de stevigheid van het materiaal hadden de jaarlijkse stormwinden en de zilte zeelucht wel geen vat gekregen op de villa. Natuurlijk zag het huis er verwaarloosd uit, maar bouwvallig was het niet. Het leek alsof de eigenaar van toen het huis voor de eeuwigheid had willen bouwen. Het bevestigde alleen maar wat Molly de voorbije dagen had gedacht. Eerst had ze haar vermoedens als compleet belachelijk van tafel geveegd, maar nu raakte ze er steeds meer van overtuigd dat ze iets serieus op het spoor was. En als ze inderdaad gelijk kreeg, dan was dat ronduit verschrikkelijk. Maar goed dat ze dat *Boek der Vampiers* van Anton La Val ooit al een keer heel aandachtig had gelezen.

Molly duwde het gammele hek open en liep de compleet overwoekerde tuin in. Het viel haar op dat het zanderige pad dat naar het huis leidde, een vreemd spoor vertoonde. Het was alsof iemand nog niet zo lang geleden iets heel zwaars over de grond had getrokken.

Bij de voordeur bleef het meisje stilstaan. De deur was zo goed afgesloten dat het leek alsof ze al jaren niet meer open was geweest.

Omdat Molly niet meer verder kon, maakte ze een rondje rond het gebouw. Ze probeerde door de ramen naar binnen te kijken, maar moest het snel opgeven. De ramen waren volledig afgeschermd door stoffige gordijnen. Uit niets kon ze afleiden dat hier voor het eerst sinds jaren weer bewoners waren neergestreken. En toch had ze al drie nachten licht zien branden op de bovenverdieping en een enkele keer iets of iemand zien bewegen.

Daarom liep ze een eind de tuin in. Ze wilde een beter uitzicht krijgen op dat ene raam waar het licht vandaan kwam. Ze keerde zich om en keek naar boven. Dát moest het bewuste raam zijn. En inderdaad, er hingen geen gordijnen. Maar vanaf de grond zag ze natuurlijk niets van die kamer. En naar boven klimmen langs de gevel, was uitgesloten. Nergens was er enig houvast. Misschien kon ze via de kelder binnen komen. De meeste huizen uit die tijd hadden een keldergat om de voorraad steenkolen gemakkelijk te kunnen aanvullen. Wie weet was dat ook hier zo.

Molly liep naar het huis terug en vervolgde haar

rondje tot ze aan de andere kant vond wat ze zocht. Vlak bij de gevel lag op de grond een zware metalen plaat. Maar hoe ze zich ook inspande om die op te heffen, ze kreeg er geen beweging in. Ze zou moeten terugkeren met een ijzeren staaf. Wat jammer. Maar misschien bracht dat spoor in het zandige pad haar ergens heen.

Nieuwsgierig liep Molly terug naar het hek. Ze hoefde er niet aan te twijfelen. Iemand was hier geweest en had iets zwaars in de richting van de villa proberen te sleuren. Maar waar kwam die persoon dan vandaan? En hoe? Met een wagen? Nee, als haar vermoedens juist waren, dan was dat uitgesloten. Ze zou in de nabije duinen het spoor proberen terug te vinden.

Molly koos de richting die haar de meeste mogelijkheden bood en nog geen minuut later had ze gevonden wat ze zocht: een diepe voor liep de duinen in. Ze hoefde dat spoor alleen maar te volgen om te weten waar het vandaan kwam …

*'Een vampier houdt niet van knoflook en doorntakken.'*
Citaat uit het *Boek der Vampiers* van A. La Val

#  Tien

'En kan ik nu eindelijk verder gaan met mijn werk?'

'Zeker, Wardje,' zei de politiecommissaris, 'ons onderzoek is afgerond. Door die dichte mist moet hij in de knekelput zijn beland. Een ongelukkige val ...'

'Ja,' gaf Wardje toe, 'wie een put graaft voor een ander, valt er soms zelf in.'

'Dat is hier zeker van toepassing,' lachte de commissaris, 'straks kunnen ze het nog in zijn graf beitelen. Trouwens, weet jij of meneer Drecq nabestaanden achterlaat?'

'Geen hond!' riep Wardje. 'Mijn chef heeft altijd alleen gewoond. Eigenlijk had het geen enkele zin dat jullie hem meenamen. Zonde van de centen voor de begrafenisondernemer. Ik had hem hier in een handomdraai onder de grond kunnen stoppen. Gewoon een vriendendienst. En geen haan die ernaar zou kraaien. Alleen jammer dat het niet mocht.'

'Ik begrijp je,' zei de commissaris. 'Maar troost je, het zal in elk geval niet lang duren voor hij weer hier is. Bovendien ben jij vanaf vandaag de nieuwe graf-delver van Loxleyde. Of is het nog niet tot je doorge-drongen dat je promotie hebt gemaakt?'

'Inderdaad, meneer de commissaris, de een zijn dood is nog altijd de ander zijn brood.'

'Dat klopt, Wardje, en ik wens je dan ook een ge-zonde eetlust. Maar nu moet ik snel de ambulance achterna. Tot een volgende keer!'

De commissaris beende snel weg. De nieuwe graf-delver pakte zijn kruiwagen en verdween tussen de gra-ven.

Vanachter een struik kwam Molly te voorschijn. Daar, vlak bij de omheining rond de begraafplaats, had ze het hele gesprek kunnen afluisteren.

Nadat ze bijna een kwartier lang dat eigenaardige spoor door de duinen had gevolgd, was ze aangeko-men op de plaats die ze had verwacht. Meteen wist ze ook met zekerheid wat er door de duinen was ge-sleept. Het was duidelijk iets dat van dit kerkhof kwam. Net toen ze door de opening in de afsluiting wilde kruipen, had ze stemmen gehoord. Ze kwamen achter een muur vandaan. Nog net op tijd was Molly achter een struik weggedoken. Door hun uniform wist ze meteen wie de twee mannen waren. En hun ge-sprek bevestigde haar vermoeden.

Ze had vanuit de verte gezien hoe iemand op een

draagberrie naar een ambulance werd gebracht. De persoon moest overleden zijn, want er lag een deken over hem heen. Waarschijnlijk was het de verongelukte grafdelver over wie ze had horen spreken. Maar was het wel een ongeluk? Daar wilde Molly wel eens het fijne van weten.

Zodra het tweetal vertrok, zette ze haar speurtocht verder. Maar op de begraafplaats hield het spoor plots op. De paden tussen de graven waren immers van steen.

Wat nu? vroeg Molly zich af. Opeens hoorde ze een doffe klap aan de andere kant van het kerkhof. Wat gebeurde daar?

Als een pijl uit een boog schoot ze tussen de graven weg. Weer klonk een klap. Daardoor wist ze naar welke uithoek ze moest lopen ... Plots werd de doorgang versperd door een rood-wit lint dat van de ene kant van het kerkhof naar de andere was gespannen.

'*Geen toegang*' stond erop, maar Molly lapte die boodschap aan haar laars en liep door. Vlakbij hoorde ze weer een klap. Toen zag ze het gebochelde ventje van daarnet. Hij stond met zijn rug naar haar toe en tilde de zware moker nog eens omhoog.

'Waar bent u mee bezig?' vroeg ze.

Wardje liet de voorhamer bijna op zijn tenen vallen en keerde zich abrupt om.

'Juffrouw,' zei hij, 'weet u dat u hier niet mag komen?'

'Natuurlijk,' zei Molly vastberaden, 'maar zodra ik weet welk graf u hier aan het vernielen bent, ga ik weer weg. Afgesproken?'

Wardje wist niet goed hoe hij daarop moest reageren. Deze situatie was te nieuw voor hem.

Ondertussen was Molly al bij het bewuste graf. De doorntakken die er lagen, waren haar meteen al opgevallen. Maar de doordringende geur van knoflook was nog merkwaardiger. De scherpe geur drong in haar neusgaten toen ze vlak bij de gapende opening van het graf stond. Het gebochelde ventje probeerde haar tegen te houden.

'Daar niet in kruipen!' riep hij. 'Dat graf kan elk moment instorten.'

Molly wierp snel een blik op het grafschrift. Hoewel ze er maar heel weinig tijd voor had en het grafschrift nog nauwelijks leesbaar was, slaagde ze er toch in de naam van de overledene te lezen en ook de eerste vijf letters van de plaats waar hij vandaan kwam. Toen verdween alle twijfel als sneeuw voor de zon. Wat ze had gevreesd, was werkelijkheid geworden …

# Elf

*Maandag 23 oktober, rond acht uur 's avonds*

'Die naam zegt jullie misschien niets, maar als ik jullie vertel dat hij waarschijnlijk uit Transsylvanië kwam, dan moet er bij jullie toch wel een belletje gaan rinkelen.'

'Wáár kwam die meneer Snotverdorie vandaan?' vroeg Andy nog eens.

'Het is geen Snotverdorie,' verbeterde Molly, 'maar Snotferatoe. En die vent moet uit Transsylvanië komen, een streek in Roemenië.'

Precies op dat moment kreeg Freddy weer die scherpe blik. Hij kreeg het meteen ook weer warm. Molly had dat de vorige keren beangstigend gevonden, maar nu stelde het haar net gerust. Freddy's gedrag bevestigde immers haar idee.

Sinds het moment waarop ze de begraafplaats achter zich had gelaten en door de duinen naar het strand was teruggekeerd, spookte er van alles door haar hoofd.

Ze had alle vreemde gebeurtenissen van de voorbije dagen netjes op een rij gezet. Bijna allemaal wezen ze in dezelfde richting. Maar het zou geen gemakkelijke klus worden om haar twee vrienden van haar idee te overtuigen.

Het was trouwens behoorlijk moeilijk geweest om ongezien het strand te bereiken. Ontsnappen was al een hele opgave, maar terugkeren was minstens even gevaarlijk. Ze mocht immers niet door meneer Buffel betrapt worden. Uiteindelijk had ze nog een hele tijd moeten wachten in de duinen. Toen het verlossende fluitsignaal weerklonk en iedereen aanstalten maakte om het strand te verlaten, was ze bliksemsnel te voorschijn gekomen om zich bij de anderen te voegen. Niemand had er ook maar iets van gemerkt. Behalve Andy en Freddy natuurlijk, die zich de hele tijd hadden afgevraagd wat er met haar was gebeurd.

Toen ze elkaar terugzagen, waren ze alweer binnen in het schoolgebouw, waar ze een strikte stilte in acht moesten nemen. Daarna volgden nog twee uren in de studiezaal en ten slotte was er het avondmaal in de eetzaal. Pas toen ook dat achter de rug was, had ze de kans gekregen om haar verhaal te vertellen. Maar goed dat de leerlingen van de hotelschool zich elke avond nog een uurtje mochten ontspannen in de recreatiezaal.

'Wel, Freddy,' zei Molly nadat ze zijn blik weer zag veranderen, 'nu hoor je misschien wel een belletje rinkelen. Of heb ik het mis?'

'Nee, helemaal niet. Je hebt prachtig speurwerk geleverd. Maar hoe ben je erop gekomen?'

'Jij hebt me gewoon de weg gewezen.'

'Ik, de weg gewezen? Nu begrijp ik er niets meer van!' riep Freddy.

'En ik nog veel minder!' riep Andy op zijn beurt. 'Waarover hebben jullie het eigenlijk?'

'We hebben het over vampiers,' riep Molly lachend.

'Ha, die drie vampiers die samen op café gingen! Krijg ik nu eindelijk de rest van die mop te horen?'

'Maar nee, slimmerik, we hebben het over echte vampiers. Van die vieze schepsels die plotseling te voorschijn kunnen komen en die ...'

Verder kwam ze niet. Het geroezemoes in de zaal viel opeens stil. Het drietal keek op en zag hoe twee personen in de deuropening verschenen. Het waren de Paal en meneer Devleeschouwer. Onmiddellijk ging meneer Buffel, die nog steeds voor de bewaking instond, bij hen staan. Aan het gezicht van de twee bezoekers was duidelijk te zien dat ze niet met leuk nieuws voor de dag zouden komen.

'Mag ik even de aandacht van iedereen?' vroeg de directeur op dat typische, vervelende toontje van hem.

'Ik heb zopas een heel serieuze klacht gekregen van meneer Devleeschouwer.'

De leerlingen in de zaal keken elkaar aan en het geroezemoes kwam weer op gang.

'Stilte, als de directeur spreekt!' brulde de Buffel.

Op slag was het weer muisstil.

'Vanavond,' ging meneer Nozelaar verder, 'is er, na het invallen van de duisternis, in het klaslokaal van meneer Devleeschouwer een ernstige diefstal gepleegd. Diefstal met inbraak! Het slot en de deur zijn helemaal vernield.'

Wat is er dan wel gestolen, wilde Molly vragen. Maar dat durfde ze nog net niet.

'Zoiets zullen wij echter niet dulden,' ging de directeur verder. 'Wij zullen niet rusten voor we de daders hebben gevat en we ze zwaar hebben gestraft. Tenzij ze zich nu meteen aangeven ...'

Meneer Devleeschouwer gaf de directeur een stootje met zijn elleboog en fluisterde hem wat in het oor.

'O ja,' vervolgde de Paal, 'ik vergat te vertellen wat er precies gestolen is. Wel, het gaat om niet minder dan twintig verse bloedworsten die de leerlingen van het eerste jaar vanochtend hebben gemaakt en die daar nog te drogen hingen. Is er onder jullie misschien iemand die ons kan helpen om die gewetenloze daders op te sporen?'

Molly snakte naar adem. Haar vermoeden over de vampier was juist! Maar hoe moest ze dat aan de directeur uitleggen? Hij zou haar nooit geloven. Meer nog, hij zou vast heel kwaad worden en denken dat ze hem voor de gek hield. En ze zou zich tegenover iedereen belachelijk maken. Maar wat moest ze dan doen om dat dreigende gevaar af te wenden?

Een van de leerlingen stak zijn vinger op. Het was Alfret Nozelaar.

'Ja, Alfret,' zei de directeur zo neutraal mogelijk, hoewel hij alle andere leerlingen altijd met hun familienaam aansprak.

'Meneer de directeur,' zei de gluiperd tegen zijn oom, 'ik denk dat ik weet wie de diefstal heeft gepleegd. Tenminste, als het dezelfden zijn die vrijdagavond in de kelder die droge worstjes hebben gepikt ...'

Molly begon opeens te gloeien, Andy kreeg de daver op het lijf en Freddy moest zich geweldig inhouden om niet op Alfret af te vliegen.

'En wie waren dat dan?' vroeg de directeur met een gezicht waar de valsheid van afdroop.

Alle aanwezige leerlingen verstarden. Getuige zijn van zulk vals verraad deed bij velen het bloed koken. Alfret gaf echter geen krimp en beantwoordde vlotjes de vraag.

'Wel, dat waren Freddy, Andy en Molly, meneer.'

Even viel er een stilte waarin je een speld kon horen vallen. Het gezicht van meneer Nozelaar zwol op en kleurde diep paarsrood. Hij leek wel een bloedworst.

'Vincke, Vleerackers en Vlietinck,' schreeuwde hij, 'kom binnen vijf minuten naar mijn bureau en dan zullen we daar meteen de nodige maatregelen treffen.'

Briesend keerde hij zich om en op de hielen gevolgd door meneer Devleeschouwer beende hij naar buiten.

*'Een vampier kun je uitschakelen door hem te onthoofden.'*
Citaat uit het *Boek der Vampiers* van A. La Val

# Twaalf

*Maandag 23 oktober, even na tien uur 's avonds*

'Jammer dat die worsten er niet meer zijn. Anders had ik er hem zeker mee gewurgd.'

'En ik had ze hem allemaal in de strot geduwd tot hij barstte,' riep Andy op zijn beurt.

'Heren, kalmte,' riep Molly, 'wraak zal ons nu geen centimeter dichter bij een oplossing brengen. We hebben nu eenmaal door de schuld van dat kereltje de allerzwaarste straf gekregen en daar kunnen we voorlopig niets aan veranderen. Trouwens, we zijn niet daarvoor hier op de kamer van Freddy samengekomen, maar wel om een dreigend gevaar af te wenden. En als jullie nu eens even naar mij willen luisteren, dan vinden we misschien ook nog een oplossing om onzelf uit de puree te helpen. Maar dat zal niet gemakkelijk zijn!'

'Tuurlijk niet,' riep Freddy. 'Die klootzak heeft ons er lelijk in geluisd.'

'Kun je wel zeggen,' beaamde Andy, 'en net op het moment dat jij eindelijk die mop over die drie vampiers op café zou vertellen.'

'Wel,' riep Molly, 'daarmee wil ik nu beginnen.'

'O ja?' riep Andy. 'Krijg ik die mop dan eindelijk te horen?'

Molly zuchtte.

'Nee, Andy, nu niet. Eerst wil Freddy van mij horen hoe ik op het spoor van die echte vampier ben gekomen.'

'Door die mop natuurlijk!' riep Andy.

'Akkoord, maar hoe kwam hij er zo plotseling bij die mop over vampiers te willen vertellen?'

'Zomaar,' zei Andy.

'Nee, niet zomaar, maar wel omdat Freddy over een bijzondere gave beschikt. Een waar hij zelf niet van op de hoogte is, maar die ons in de komende dagen van groot nut kan zijn.'

De twee jongens keken elkaar vragend aan en wendden toen de blik weer naar Molly.

'Ik denk niet dat jullie hiervan al hebben gehoord,' ging het meisje verder, 'maar een bepaald soort mensen bezit de gave om vampiers van een afstand aan te voelen. Zo iemand noemt men geen vampier, maar een *dampier*. Soms is dat de zoon van een vampier. Maar ook al wie op een zaterdag geboren is én van wie de vader een beroep uitoefent waarvan de naam eindigt op "ier", bezit die gave.'

Het duurde een poosje voor die woorden helemaal tot Freddy doordrongen. Maar toen sprong hij op.

'Hé, dat klopt helemaal,' riep hij enthousiast. 'Ik ben inderdaad op een zaterdag geboren.'

'En wat doet je vader?' vroeg Molly.

'Hij is cipier. Dat is ook de reden waarom hij mij naar deze strenge school heeft gestuurd. Hij houdt ervan mensen op te sluiten.'

'Zie je wel,' lachte Molly. 'Kinderen van cipiers, kruideniers, douaniers en mariniers hebben dezelf-de gave als ze op een zaterdag geboren zijn. Dat heb ik ooit eens gelezen in een van de boeken van Anton La Val.'

'Wauw,' riepen de twee jongens vol bewondering.

'Gefeliciteerd, Freddy!' zei Molly.

'Maar dat betekent dan,' riep de jongen, 'dat ik, toen ik in de kelder naar dat afgesloten poortje liep, een vampier op het spoor was!'

'Waarschijnlijk wel. Misschien loopt daar zelfs een ondergrondse gang naar die verlaten villa waarover ik jullie daarnet heb verteld.'

'Wauw,' riep Andy, 'als dat zo zou zijn, dan kan die vampier zomaar in onze school binnenkomen.'

'Áls hij de sleutel heeft, maar daar twijfel ik niet

meer aan. Want wie zou anders die bloedworsten hebben gestolen?' vroeg Molly.

'Inderdaad,' gaf Andy toe, 'maar waarom heb je dat niet verteld aan de directeur?'

'Slimmerik,' riep Freddy, 'denk je dat die vent ons geloofd zou hebben? Hij zou ons in het gezicht hebben uitgelachen.'

'Inderdaad,' gaf Molly toe, 'voorlopig staan we er alleen voor. En ik vrees dat die vampier zich in de toekomst niet zal beperken tot bloedworsten. Straks zal niemand in deze school nog veilig zijn. Tenzij we er tijdig in slagen hem op te sporen en uit te schakelen.'

'Hoe denk je dat te doen?' vroeg Freddy.

'Dat heb ik ook gelezen in dat boek. We moeten proberen om overdag in die villa binnen te dringen.'

'Waarom overdag?' vroeg Freddy. ''s Avonds kunnen we toch veel gemakkelijker weg!'

'Akkoord, maar overdag hebben we van die vampier niets te vrezen. Dan slaapt hij in zijn doodskist. Die moeten we zien op te sporen om hem daarna volgens de regels van de kunst naar de andere wereld te helpen.'

'En hoe gebeurt dat dan wel?' vroeg Andy.

'Wel, Andy, daarvoor moet je eerst dat boek van meneer La Val eens lezen. Die beschrijft het in geuren en kleuren. Ik hoop dat je ertegen kunt.'

'Alles goed en wel,' zei Freddy, 'maar dan duurt het zeker nog een week voor we iets kunnen ondernemen.'

'Inderdaad,' zei Molly, 'pas volgende week maandag hebben we weer een vrije middag. Dan moeten we toeslaan. Maar ondertussen kunnen we misschien een middel vinden om hem tegen te houden.'

'En hoe gaan we dat doen?' vroeg Freddy.

'Luister, ik zal jullie nu vertellen wat we de komende dagen kunnen doen.'

Molly begon haar plan uit te leggen en de twee jongens luisterden aandachtig. Niemand lette ook maar even op de deur …

Aan de andere kant ervan stond iemand die hen al die tijd door het sleutelgat in het oog hield en moeiteloos elk woord dat in de kamer werd gezegd, kon verstaan …

*'Een vampier kun je ook doden door hem een staak door het hart te jagen.'*

Citaat uit het *Boek der Vampiers* van A. La Val

# Dertien

*Maandag 23 oktober, rond halfelf 's avonds*

Dit haatte ze. Zo in haar eentje door die middeleeuwse kloostergangen lopen, daar had ze een grondige hekel aan. Vrijdagavond had ze het al moeten doen om naar haar kamertje in de vleugel van de meisjes terug te gaan en nu was het weer zover. De volgende keer moesten de jongens maar eens naar haar komen. Zij waren immers met z'n tweeën.

Molly liep moederziel alleen onder de duistere gewelven en wenste dat ze er al was. Wat als ze opeens oog in oog stond met die vampier? Misschien volgde hij haar al de hele tijd? Net zoals Alfret dat de vorige keer had gedaan, terwijl ze zich van niets bewust was.

Molly voelde de rillingen over haar rug lopen. Haar knieën knikten toen ze langs een raam liep en naar buiten keek. In de verwaarloosde villa daar op de

kliffen brandde weer licht. De vampier was weer op-
gestaan. Maar waar was hij nu?

Ze liep langs een deur waarop een ongewoon bord
hing. 'VANDENBLUNDER, *Algemene Bouwwerken, Werken
in uitvoering, Verboden toegang*', stond er in koeien van
letters.

In de school gonsde het van de geruchten daarover. De Paal zou opdracht hebben gegeven voor de
bouw van een klein zwembad. Blijkbaar hadden de
werken in dit lokaal plaats. Maar, bedacht Molly, de
ruimte achter deze deur was helemaal niet groot genoeg voor een zwembad. Of bouwden ze daar misschien iets anders?

Haar nieuwsgierigheid was gewekt. Dit was haar
kans om met eigen ogen te zien waar die werklui mee
bezig waren. Overdag zou ze hier nooit binnen mogen. Het was nu of nooit!

Molly duwde tegen de deur. Oef! Ze was niet gesloten. Het eerste wat ze zag, waren enkele kleine graaf-
toestellen. Een ervan was een kraan. Daarachter, in het
midden van de ruimte die nauwelijks groter was dan
twee klaslokalen, gaapte een diepe put. Groot was hij
niet. De diameter ervan kon hoogstens zes meter
zijn. Maar hij was wel diep. Veel, veel dieper. Zo diep
dat het maanlicht dat door de ramen naar binnen
kwam, de bodem ervan niet kon bereiken. Wat voor

een vreemd zwembad waren ze hier aan het bouwen?

Om er een idee van te krijgen hoe diep de put kon zijn, nam Molly een steentje dat bij de rand lag en gooide het er voorzichtig in. De plof die ze seconden later duidelijk hoorde, liet er geen twijfel over bestaan. Die put moest vier of vijf verdiepingen diep zijn. Twaalf tot vijftien meter dus. Wat vreemd! Een zwembad van die afmetingen was normaal gezien twee, hoogstens drie meter diep. Ze had er geen verklaring voor en verwachtte ook niet er hier een te vinden. Ze besloot zo snel mogelijk haar kamer op te zoeken.

Haastig verliet ze het lokaal en ze trok de deur voorzichtig achter zich dicht. En toen zag ze het ... Daar in de donkere verte trok iemand zich bliksemsnel terug. Iemand die haar aan het bespioneren was en die haar misschien al de hele tijd was gevolgd.

IJskoude rillingen liepen Molly weer over de rug. Als het de vampier was, dan zat ze nu in een bijzonder netelige positie. Tenzij ze bliksemsnel reageerde. Haar kamer was nog te ver daarvandaan, maar in de gang net om het hoekje stond iets dat haar kon redden.

Meteen rende ze, op de toppen van haar tenen, pijlsnel weg. In een mum van tijd bereikte ze de andere gang, zodat haar achtervolger haar een tijdje niet meer kon zien. Vliegensvlug beklom ze een groot beeldhouwwerk dat daar in een nis in de muur stond. Het stelde een of andere middeleeuwse heilige voor. Hij bood haar een unieke kans om haar achtervolger te verschalken. Bovendien zat ze daarboven een stuk veiliger.

Molly zat net boven op het beeld, toen er om het hoekje iemand te voorschijn kwam. Bij het zien van zijn silhouet in het maanlicht slaakte ze een zucht van opluchting. Ze hoefde er niet aan te twijfelen wie daar liep. Op de hele school was geen enkele leerling zo breed als Alfret. Hij was dus wéér op pad om haar en de twee anderen te bespioneren, al dan niet in opdracht van de directeur. Molly schudde meewarig haar hoofd. Vooral toen ze zag in welke verwarring hij verkeerde. Aan zijn houding was duidelijk te zien dat hij het spoor bijster was.

Nog een tiental seconden bleef hij aarzelen. Nu hij haar niet meer zag, wist hij blijkbaar niet meer wat te doen. Toen keerde hij zich om en verdween slenterend om het hoekje.

Molly's eerste reflex was onmiddellijk naar beneden te klauteren en haar weg voort te zetten. Maar wat als het een list van Alfret was? Wat als hij om de hoek aan het luisteren was tot hij weer iets hoorde?

Ze haalde de schouders op. Wat kon het haar schelen? Om te beginnen verwachtte ze niet zo snel een list van die domme Alfret. En hij mocht haar gerust volgen naar haar kamer. Daar zou hij toch moeten afdruipen.

Molly wilde zich langs het beeld naar beneden laten glijden, toen opeens aan de andere kant van de gang bijna onhoorbaar een deur werd geopend. In het maanlicht zag ze een rijzige figuur te voorschijn komen. Om zijn schouders fladderde een lange kapmantel die deed denken aan de vleugels van een vleermuis. Meteen wist ze wie het was.

Haar adem stokte, haar hart stond bijna stil. En dat laatste was maar goed ook. Ze had gelezen dat vampiers zo'n scherp gehoor hadden dat ze van een afstand een mensenhart konden horen kloppen.

Maar tot haar grote opluchting had hij blijkbaar iets anders gehoord. Het moesten ongetwijfeld de voetstappen zijn van Alfret, want opeens liep de vampier weg in de richting waarin de jongen was verdwenen. De vampier had het duidelijk op hem gemunt. Wat moest Molly doen?

Ze aarzelde niet lang. Hoezeer ze Alfret ook haatte, hij verkeerde in groot gevaar en ze kon hem niet aan zijn lot overlaten. Maar in haar eentje kon ze niet ingrijpen. Ze had hulp nodig, van volwassenen.

Bliksemsnel klom ze naar beneden en vandaar rende ze naar de kamer van meneer Buffel. Die was niet zo ver daarvandaan. Hard bonsde ze op de deur.

Ruw werd die opengetrokken en meneer Buffel staarde haar bars aan.

'Wat krijgen we nu? Moest jij niet al lang in je bed liggen?'

'Dat deed ik,' loog Molly, 'maar ik moest nog even naar het toilet en toen zag ik in de verte een vreemde figuur door de gangen slenteren …'

'Ja, en?' vroeg de Buffel nors.

'Wel …'

Meer kon Molly niet uitbrengen. Door de eeuwenoude gangen weerklonk opeens een ijselijke schreeuw. De vampier had toegeslagen.

# Veertien

*Dinsdag 24 oktober, even na acht uur 's ochtends*

'In zijn kont hebben ze hem gebeten! Door zijn broek en door zijn slip tot in het vet van zijn achterste! Hij lag daar te kermen als een varken op een slachtbank. Je kon hem horen tot in de verste uithoeken van de abdij.'

Over dat laatste kon iedereen meespreken. Maar kunnen uitweiden over de details was het voorrecht van de weinige getuigen die erin geslaagd waren bliksemsnel ter plaatse te zijn.

Het was niet te verwonderen dat het voorval van gisteravond aan alle tafels druk besproken werd. Vooral in de eetzaal van de eerstejaars waren de commentaren niet mals. Iedereen was het erover eens dat Alfret zijn verdiende straf had gekregen. Tegelijk vroegen bijna alle leerlingen zich af wie van hen zoiets gevaarlijks had aangedurfd. De wraak van de Paal zou verschrikkelijk zijn. Dat beseften ook Molly en

84

haar twee vrienden maar al te goed. Maar Molly wist ook dat het geen enkele zin had om over zoiets vreemds als een vampier te beginnen. Niemand zou hen geloven.

Opeens vloog de deur van de eetzaal open. Gevolgd door het bijna voltallige lerarenkorps liep de Paal de zaal in. Het lawaai, dat vanochtend het normale aantal decibels ver had overstegen, verstomde op slag. Meteen werd in de plaats daarvan een statische elektriciteit voelbaar, waarvan je de hoogspanning kon horen knetteren.

De directeur ging op een klein podium staan, zodat iedereen hem goed kon zien. Zijn gezicht was verwrongen van woede. De uitbarsting was nabij. De leerlingen van het eerste jaar hadden zoiets al wel eens meegemaakt. Maar wat nu zou komen, was waarschijnlijk erger dan alle vorige keren bij elkaar.

En inderdaad, hij begon met een mokerslag van je welste.

'Welke snoodaard heeft het aangedurfd mijn neefje op zo'n laaghartige wijze aan te pakken?' bulderde de Paal.

Bij het horen van die laatste woorden moest Molly haar lach inhouden. Alfret was inderdaad door die vampier tamelijk laag bij de grond aangepakt. In het boek van Anton La Val had ze immers gelezen dat vampiers hun slachtoffers bijna altijd in de hals bijten. Misschien had hij voor Alfret een uitzondering gemaakt.

Bijna een minuut lang bleef de vraag van meneer Nozelaar in de eetzaal nazinderen. Toen weergalmde zijn stem opnieuw.

'Ik herhaal mijn vraag. Ik wil meteen vernemen wie deze schandelijke daad op zijn geweten heeft. En mocht hij zo laf zijn zich niet kenbaar te maken, dan richt ik mij tot alle anderen. Ik wil van jullie alle mogelijke informatie krijgen die kan leiden tot zijn ontmaskering. Zoniet ...'

Om zijn woorden kracht bij te zetten, liet de directeur een ijzige stilte over de zaal neerdalen. De temperatuur zonk tot diep onder het vriespunt.

Molly, die bijna helemaal vooraan zat, wist niet of ze moest huilen of lachen. Die paljas daar op het podium had hun evengoed kunnen vragen een stier te melken. Uiteindelijk durfde ze het toch aan haar vinger op te steken.

Meneer Nozelaar gaf met een droge knik aan dat ze mocht spreken.

'Maar meneer ...' Molly deed haar uiterste best om geen ergernis in haar stem te laten doorklinken. 'Ik heb duidelijk gezien dat het om een rijzige gestalte ging. De dader kan dus onmogelijk iemand van de

86

eerstejaars zijn. Meer zelfs, het moet iemand van buiten de school zijn. Dat zag ik aan zijn kledij.'

'Onmogelijk!' schreeuwde de directeur. ''s Nachts is de school afgesloten als een gevangenis. Dan kan hier niemand meer binnen of buiten.'

Voor een keer waren de leerlingen het roerend met hem eens.

'Bovendien,' zo ging hij verder, 'moet het wel iemand van de eerstejaars geweest zijn, want deze snode daad vond plaats in dit deel van de school. Dus ...'

Molly zuchtte. Die vent was niet voor rede vatbaar. Of had hij misschien een plannetje in gedachten?

Opeens wist ze wat er zou komen. Die smeerlap had een stok nodig om de hond te slaan!

'Dus,' zei de directeur na weer een minuut van ijzige stilte, '... Blijkbaar weet niemand er iets van af. Goed, als ik niet binnen de twee dagen te weten kom wie de dader is, dan gaat er helemaal niemand van de eerstejaars met de herfstvakantie naar huis. Als jullie dat maar goed beseffen!'

Hij keerde zich om en verliet zonder nog een woord te zeggen de zaal.

De leerlingen keken elkaar verbouwereerd aan. Alleen Molly was niet verbaasd. Deze maatregel paste immers perfect in de strategie die de directeur voor ogen had! Want zo had hij immers genoeg hulpjes in huis om zijn winstgevende restaurant een week lang open te kunnen houden …

*'Vampier word je als je gebeten bent door een andere.'*
Citaat uit het *Boek der Vampiers* van A. La Val

# Vijftien

*Dinsdag 24 oktober, even voor halfacht 's avonds*

'Meneer Paelinck, mag ik u er nog eens op wijzen dat in deze privé-school andere regels gelden dan elders. En ik wil vooral niet dat u vergelijkingen maakt met de school waar u vandaan komt. Begrepen?'

'Jazeker, meneer de directeur, ik begrijp volkomen dat u erop staat dat er op deze school heel streng wordt opgetreden, maar dat betekent toch niet dat er collectieve straffen moeten worden gegeven. Dat is toch niet eerlijk.'

'Meneer Paelinck, mag ik u er voor de laatste keer op wijzen dat u zich niet moet moeien met mijn manier van optreden. Anders begeeft u zich op heel glad ijs. Welke straffen hier worden toegepast en in welke mate die eerlijk zijn of niet, wordt enkel en alleen door mij bepaald. En ik stel het niet op prijs ongevraagd advies te krijgen van iemand die hier nog geen twee maanden werkt.'

Maar die uiteindelijk al veel langer les geeft dan jij, wilde Isidoor Paelinck er graag aan toevoegen. Maar in het belang van de leerlingen zweeg hij wijselijk.

'Ik beschouw dit gesprek dan ook als afgehandeld,' zei meneer Nozelaar. 'Meneer Paelinck, u kunt gaan.'

De man had geen andere keuze dan het kantoor van de directeur te verlaten. Hoe graag had hij die vent tot rede willen brengen. Hij was de hele dag getuige geweest van de grote verslagenheid bij de eerstejaars en hij vond het ultimatum dat meneer Nozelaar hun had opgelegd, uiterst oneerlijk. Onschuldigen laten boeten voor de daad van een ander, dat deed je niet. Hen er bovendien nog toe aanzetten iemand te verklikken, druiste helemaal in tegen alle regels. Maar meer kon hij niet doen. Anders riskeerde hij zijn job.

Meneer Paelinck liep de gang in en botste wat verderop bijna tegen iemand aan.

'Excuseer,' zei hij instinctief.

De ander mompelde iets en liep door naar het bureau van de directeur.

'Dag, meneer Vandenblunder,' riep de directeur hartelijk, 'komt u binnen. En hoe verlopen de werken?'

De aannemer liep het kantoor in en sloot de deur achter zich.

'Heel goed, meneer de directeur, heel goed. Zoals

de werkzaamheden nu vorderen, zijn we zeker klaar voor de herfstvakantie begint.'

'Dat hoor ik graag,' zei meneer Nozelaar. 'Kom, neem een stoel. Dan kunnen we verder praten.'

'O, nee, dank u,' zei Vandenblunder, 'ik ben zondagavond lelijk gevallen. Het is voor mij nog altijd wat pijnlijk om te zitten.'

'Het is toch niet waar,' lachte de directeur, 'mijn neefje heeft het sinds gisteravond ook moeilijk om te gaan zitten. Als dat geen toeval is.'

'Wat is er gebeurd?' vroeg de aannemer beleefd.

'O, niets bijzonders. Enkele leerlingen hebben hem gisteravond lastig gevallen en tot vanmorgen was hij daardoor behoorlijk van streek. Maar in de loop van de dag is hij er wat bovenop gekomen. Een beetje rust kan blijkbaar wonderen verrichten. Maar laten we het nu hebben over dat zwembad, want eigenlijk had ik u vanochtend al verwacht om samen de werkzaamheden te bekijken.'

'O ja, u moet mij excuseren, meneer de directeur, maar door die val was ik verhinderd.'

Meneer Nozelaar fronste zijn wenkbrauwen. Hij dacht weer aan wat zijn neefje was overkomen.

'Ik begrijp het,' zei hij uiteindelijk. 'Dan kunnen we maar beter meteen gaan. Jammer dat het ondertussen avond is en dus donker ...'

'O, meneer de directeur, u hoeft niet bang te zijn dat u er minder van zult zien. Ik heb immers voor perfecte verlichting gezorgd.'

'Dat is prima!'

Toen het tweetal naar de deur liep, werd er opeens geklopt. Het leek bijna afgesproken spel.

Meneer Nozelaar vreesde dat zijn leraar receptenkunde was teruggekomen en nerveus trok hij de deur open. Tot zijn opluchting zag hij zijn neefje Alfret staan.

'Wel, jongen,' riep hij, 'wat doe jij hier?'

'Ha, oompje, ik heb gehoord dat jij vanavond naar de werkzaamheden voor het nieuwe zwembad gaat kijken en ik zou graag meegaan.'

'Ben jij er dan helemaal bovenop?'

'Ja, hoor, oompje, ik ben weer helemaal de oude.'

'Wel, dan mag je mee. Kom!'

Met hun drieën liepen ze door de donkere gangen. Hun voetstappen weergalmden onder de eeuwenoude gewelven.

Ze kwamen geen levende ziel tegen op hun tocht naar de andere kant van de oude abdij. De leerlingen zaten immers in de eetzaal voor het avondmaal of waren al boven in de recreatiezalen.

Eindelijk kwamen ze bij de ruimte waar de werkzaamheden plaatsvonden. Vandenblunder duwde op een schakelaar en de hele omgeving baadde in het licht.

'Nog klaarder dan overdag, hé!' riep hij lachend.

'Dat mag je wel zeggen,' zei de directeur en met gezwinde pas liep hij naar het grote gat in het midden van het lokaal.

Bij de rand van de kuil bleef hij staan. Verbaasd keek hij naar beneden. Even kon hij zijn ogen niet geloven. Die kuil leek wel degelijk ontzettend diep te zijn!

Enkele seconden bleef het doodstil in de ruimte. Toen steeg zijn verontwaardiging tot ongekende hoogten. Razend kwaad keerde hij zich uiteindelijk om.

'Meneer Vandenblunder!' riep hij paars van woede. 'Wat heeft dit hier te betekenen? Dat instructiebadje moest maar een diepte hebben van anderhalve meter en dit lijkt wel een vulkaankrater. Dit hadden wij niet afgesproken!'

De aannemer grijnslachte vals. In plaats van te antwoorden dimde hij traag de lichten.

'Meneer Vandenblunder, doe niet zo onnozel! Ik eis onmiddellijk een verklaring of ik doe u een proces aan.'

Toen kreeg de directeur zijn neefje in het oog. Alfret gedroeg zich op precies dezelfde vreemde manier als de aannemer.

'Wat sta jij daar te grinniken?' riep zijn oom. 'Wil

jij me misschien ook belachelijk maken?'

Tot grote woede van meneer Nozelaar gaf geen van de twee antwoord.

Toen vloog de deur van het lokaal open. Een rijzige kerel met een grote kapmantel stapte binnen.

'En wie bent u?!' riep de Paal. 'Wat komt u hier doen? Wie heeft u de toelating gegeven om deze school te betreden? Ik eis dat u onmiddellijk deze plaats verlaat of ik roep de politie!'

Daarop keerde hij zich naar zijn neefje.

'Alfret, haal meteen de politie. Dat is een bevel!'

Maar zijn neefje gehoorzaamde niet. In plaats daarvan liep hij naar de directeur toe. Meneer Vandenblunder deed hetzelfde. Voor de directeur besefte wat hem overkwam, hadden ze hem vast ...

Hij begon te trillen als een espenblad toen ook de derde persoon dichterbij kwam. Angstig keek hij naar het lijkbleke gezicht van de vreemdeling. Hij spartelde om weg te komen, maar het tweetal hield hem in een ijzeren greep.

De figuur met de kapmantel kwam vlakbij. Hij grijnsde de Paal toe en twee scherpe hoektanden kwamen bloot.

De twee handlangers draaiden hun slachtoffer om. De vampier trok de broek van meneer de directeur omlaag en zette zijn vlijmscherpe tanden in de witte kont. Een gebrul als van een gewonde stier weerklonk tot ver in de gangen van de eeuwenoude abdij.

Andy, die samen met Freddy en Molly het hele tafereel van een afstand had gadegeslagen, gierde het bijna uit van het lachen. Gelukkig konden zijn vrienden hem tijdig de mond snoeren. Anders had hij hen zeker verraden.

Deze keer waren zij Alfret gevolgd. Hij had zich in de eetzaal immers bijzonder vreemd gedragen. Normaal kon die slokop bijna niet ophouden met eten, maar deze keer was hij er zelfs niet aan begonnen, zo opgewonden zat hij daar. Het leek alsof hij heel intens naar iets uitkeek. Molly vond dat zo gek dat ze meteen besloot om er samen met Freddy en Andy achteraan te gaan. Maar de drie vrienden hadden nooit verwacht dat ze daardoor van zo'n schouwspel getuige zouden zijn. Toch kon Molly er niet om lachen. Maar goed dat ze zich in een donkere uithoek achter een graafmachine hadden verborgen. Ze mocht er niet aan denken wat er zou gebeuren als de anderen hen zouden zien. Gelukkig was ze erin geslaagd Andy tijdig te doen zwijgen. Maar wat zou er nu gebeuren ...?

De drie samenzweerders liepen het lokaal uit en lieten hun slachtoffer kermend achter.

Je hoefde geen genie te zijn om door te hebben dat zo meteen van alle kanten volk zou komen toesnellen. Molly, Freddy en Andy konden zich maar beter meteen uit de voeten maken.

Zo snel ze konden, liepen ze op hun beurt naar de deur. Maar nog voor ze die hadden bereikt, hoorden ze het geluid van tientallen voeten in de gang. Iedereen kwam hun richting uit.

'Te laat!' riep Molly. 'Terug! We doen alsof we hier als eersten waren!'

De jongens begrepen haar meteen. Ze keerden zich om en renden naar de Paal die nog altijd op de grond lag.

Net op dat moment verscheen achter hen in de deuropening meneer Buffel. Molly voelde hoe het angstzweet haar uitbrak. Wat moest ze verzinnen om hun aanwezigheid te verklaren?

'Waar komen jullie vandaan?!' brieste de Buffel. 'Jullie worden verondersteld in de recreatiezaal te zitten en niet hier!'

'Uiteraard, meneer Buffel,' antwoordde Molly beleefd, 'maar toen we die hartverscheurende kreet hoorden, zijn we meteen met ons drieën hierheen gesneld.'

'Zo snel? Vanuit de recreatiezaal? Maak dat de ganzen wijs!'

Molly besefte dat zij en haar vrienden tot over hun oren in de problemen zaten ...

*'Een vampier wil zich zo snel mogelijk vermenigvuldigen.'*
Citaat uit het *Boek der Vampiers* van A. La Val

# Zestien

*Woensdag 25 oktober, even voor halftien 's ochtends*

Al meer dan een uur zaten Molly, Freddy en Andy in de bibliotheek strafwerk te maken. De rest van de week zouden ze de lessen niet meer mogen bijwonen.

Vanochtend had meneer Buffel hen even na halfnegen uit de klas geplukt. Van het verhaaltje dat Molly hem gisteravond had opgedist, had hij zoals verwacht niets willen geloven. Anderzijds zag hij ook wel in dat zij onmogelijk de daders konden zijn. Toch had de Buffel beslist het drietal vanmorgen naar het kantoor van de Paal te sturen. Naar zijn mening hadden die drie de laatste tijd een beetje te veel in hun eentje door de gangen van de school gezworven. Daar zou een stevige straf eens en voor altijd een einde aan maken. Meneer de directeur, die pas tegen de ochtend weer een beetje bij zijn positieven was gekomen, zou over hun lot beslissen.

Toen Molly, Freddy en Andy bij de Paal binnen

werden gelaten, konden ze hun lach nauwelijks in-houden. Meneer Nozelaar zat in een comfortabele leunstoel die voor de gelegenheid speciaal van de zol-der was gehaald. Maar vooral het buitenmaatse hoofd-kussen onder zijn zitvlak viel op. Andy was de eerste die het zag en hij proestte het bijna uit van het la-chen. Dat was de directeur natuurlijk niet ontgaan en daardoor kreeg het drietal een nog zwaardere straf dan hij eerst had voorzien. In plaats van een dag straf te schrijven, moest het drietal dat voor de rest van de week doen. Tot vrijdagavond zouden ze de lessen niet meer mogen volgen, wat voor de jongens nog erger was dan voor Molly. Al wekenlang hadden ze naar de donderdag uitgekeken. Dan vertrok de hele school, leerkrachten en directie meegerekend, met een kara-vaan autocars naar de hoofdstad van het land om daar het jaarlijkse 'Salon van de Voeding' te bezoeken. Dat viel nu voor hen in het water. Normaal zou Molly dat heel erg vinden voor hen, maar ze had opeens een schitterend idee gekregen … Die straf bood hun een prachtkans! Maar nu moesten ze nog even geduld oefenen. Ondertussen konden ze zich alleen maar onderwerpen aan wat de Paal hun had opgelegd.

Ze hadden al bijna vijf bladzijden straf geschreven, toen meneer Buffel opeens opstond van de leestafel.

'Ik moet even weg,' zei hij. 'Maar wee jullie gebeente als jullie van mijn afwezigheid profiteren om op te houden met schrijven en te kletsen. Als ik straks terugkeer, zal ik bij elk van jullie controleren of jullie verder hebben gewerkt of niet. Begrepen?'

Het drietal knikte braaf en de man verliet de bibliotheek.

Hij was nog geen tien seconden verdwenen of Molly kwam in actie.

'Als dat geen bluffen was! Of hebben jullie niet gezien dat hij zich stierlijk verveelde? Ik durf er mijn hele spaarpot om verwedden dat hij hier het volgende halfuur niet meer langskomt.'

'Dus hebben we nu mooi de gelegenheid om eens lekker te kletsen!'

'Nee, Andy, helemaal niet. We gaan beslissen wat we vanavond uiteindelijk zullen doen. In drie dagen tijd heeft die vampier al evenveel keren toegeslagen. Al minstens drie keer is hij vanuit die villa hierheen gekomen. Dat gedrocht leeft immers van bloed en daarom heeft hij blijkbaar elke dag een slachtoffer nodig.'

'Zuigt hij die persoon dan helemaal leeg?' vroeg Andy.

'Meestal niet. Gelukkig maar, want dan wordt zo iemand zelf een vampier. Maar zodra die persoon gebeten wordt, raakt hij besmet en krijgt de vampier hem helemaal in zijn macht. Dat slachtoffer wordt dan zijn handlanger, zijn willoze dienaar. Of hebben jullie daarnet die vreemde blik niet gezien in de ogen van de Paal? En ook bij Alfret en bij die aannemer?'

De twee jongens knikten.

'Maar waarom heeft die aannemer zo'n diepe put gegraven op de plaats waar dat zwembadje moet komen?' vroeg Freddy. 'We hebben toch allemaal gehoord dat de Paal er niet mee akkoord ging!'

'Precies daarom,' zei Molly, 'die diepe kuil was niet gepland. Dat is vast gebeurd op bevel van die vampier, dat is duidelijk. Maar waar die vreemde put moet voor dienen, is ook mij een raadsel.'

'Jammer dat we hier alleen voor staan,' zuchtte Freddy. 'Zou geen enkele volwassene ons willen geloven?'

'Nee,' antwoordde Molly, 'maar met een beetje geduld krijgen we misschien een bondgenoot.'

'En wie mag dat wel zijn?' vroeg Andy.

'Anton La Val, de schrijver van dat griezelkookboek. Als hij naar onze klas komt voor die lezing, probeer ik hem te pakken te krijgen. Van vampiers weet hij immers bijna alles. En ik zou hem iets willen vragen. Iets dat ik nergens kon vinden in zijn boek.'

'En dat is?' vroeg Freddy.

'Waarom die vampier zijn slachtoffers alleen maar in de kont bijt en niet in de hals.'

'Is dat dan zo ongewoon?' vroeg Andy. 'Ik vond het anders best leuk om te zien!'

'Tot jij wordt gebeten,' lachte Molly.

'En denk jij dat die meneer Cheval ...'

'La Val, Andy!'

'O ja, La Val ... Denk je dat hij het antwoord weet?'

'Ik hoop het,' zei Molly, 'maar ondertussen moeten wij dringend dat middel zien te bemachtigen om die vampier op een afstand te houden. Gisteren is ons dat niet gelukt, maar vanavond moeten we het opnieuw proberen. Er zijn al genoeg slachtoffers gevallen. En wie weet veranderen die straks ook nog in een vampier. Dat worden er dan drie meer. Beseffen jullie dat wel?'

'Absoluut,' riep Andy, 'maar nu je het toch hebt over drie vampiers ... Kan Freddy niet nu meteen die mop verder vertellen over die drie vampiers die samen op café gingen? Het duurt toch nog even voor de Buffel terugkeert.'

Molly zuchtte diep. Andy was onverbeterlijk. Ze schudde mistroostig haar hoofd, maar liet de jongens begaan.

'Oké,' zei Freddy, 'dan begin ik maar. Zoals ik al had verteld waren er eens drie vampiers die samen op café gingen. Een van de drie was een heel oude, ervaren vampier. De twee andere vampiers waren nog heel jong. Ze zochten een heel gezellig café op en …'

'Ja, Freddy,' zei Andy, 'dat wist ik al. Vertel nu maar snel hoe het verder ging.'

'Wel,' zei Freddy, 'ze stapten dat café binnen, vonden daar een gezellig tafeltje en gingen op een gemakkelijke stoel zitten. Daarna namen ze de kaart om te kunnen zien wat ze daar te drinken hadden. En weet je wat ze kozen?'

Maar voor Freddy verder kon vertellen, ging de deur van de bibliotheek met een ruk open. De Buffel was sneller teruggekeerd dan ze hadden verwacht …

*'Een vampier houdt niet van zilver of van een kruisbeeld.'*
Citaat uit het *Boek der Vampiers* van A. La Val

# Zeventien

*Woensdag 25 oktober, even na tien uur 's avonds*

Heel voorzichtig trok Freddy zijn kamerdeur open. De scharnieren die hij eigenlijk al lang had moeten smeren, knarsten vervaarlijk. Om zo weinig mogelijk argwaan te wekken, had hij zijn pyjama al aangetrokken.

Als een muis sloop de jongen door de lege, donkere gang van de oude abdij. Het doel van zijn nachtelijke tocht was de kapel van de school. Die lag bijna aan de andere kant van het gebouw. Daar zou hij volgens Molly het wapen tegen die vampier kunnen vinden. Hem ermee verslaan, zou niet lukken, maar ze zouden hem wel van zich af kunnen houden en dus veel minder risico lopen tijdens de nachtelijke uitstapjes die ze nog voor de boeg hadden. Tenminste, als Molly gelijk had.

Toen de Buffel vanmorgen opeens weer in de bibliotheek stond, waren ze zich een aap geschrokken. Ge-

103

lukkig waren ze er nog op tijd in geslaagd om weer verder te schrijven, of tenminste te doen alsof. Tot hun grote opluchting had de Buffel ook geen moeite gedaan om hen te controleren. Maar hij had hen de rest van de dag niet meer alleen gelaten.

Pas tijdens het avondmaal konden ze verder afspreken. Ze beslisten dat Freddy beter alleen kon gaan. Met z'n drieën vielen ze meer op. Bovendien was hij de enige die een vampier van een afstand kon aanvoelen, door zijn speciale gave. Zodra Freddy het wapen in handen had, zouden ze er weer samen op uit trekken. Maar zover was het nog niet.

Freddy liep nu al meer dan vijf minuten door de duistere gangen. Achter elke hoek of in elke nis kon iemand hem staan opwachten. Maar als het een vampier was, dan zou hij het al van tevoren aanvoelen. Hij had het gisteravond ook weer meegemaakt. En dat was een grote geruststelling voor hem. Andy had nog voorgesteld om er met z'n drieën op uit te trekken, maar Molly vond dat een onnodig risico. Voor ze met zijn allen weer op stap gingen, moesten ze eerst het wapen in handen zien te krijgen.

Eindelijk kwam Freddy in dat deel van het gebouw waar de kapel lag.

Zoals verwacht was de toegangsdeur niet op slot. De jongen sloop naar binnen en geluidloos duwde hij de deur weer dicht. Daarna sloop hij verder naar het barokke altaar.

Hoewel de kapel met de vele kerkmeubels een uitstekende plaats was om je voor iemand te verbergen, voelde hij geen gevaar. Hier wachtte geen vampier hem op. En dat was het belangrijkste.

Bij het altaar keek Freddy naar boven. Tegen de muur vormden Griekse zuilen en heiligenbeelden iets wat het midden hield tussen een piramide en een calvarieberg. En helemaal op de top ervan schitterde een klein zilveren kruis in het licht van zijn zaklamp. Dat was het kleinood dat hij moest bemachtigen.

Hij spuwde zich even in de handen en klauterde op het altaar. Dat lukte nog wel. Maar bovenop zou het moeilijke deel beginnen. Freddy koos een heilige met veel uitsteeksels en trok zich eraan op. In zijn binnenste hoopte hij dat het beeld stevig gemaakt was en het niet zou begeven.

De kwaliteit van het marmer bleek uitstekend te zijn. In een wip zat Freddy op de kruin van de heilige. Een aap had het niet beter gedaan. Maar nu moest hij een zuil beklimmen en die zag er nogal glad uit. Omdat Freddy geen schoenen aanhad, vorderde hij toch behoorlijk. Voor hij het goed en wel besefte, zat hij al op het dak van een Griekse tempel. Vandaar kon hij zich optrekken aan enkele goudgelakte, metalen

zonnestralen. Hij was bijna bij het zilveren kruis-
beeldje … Hopelijk zat het niet te stevig vast. Hij had
er helemaal niet aan gedacht om een ijzerzaag mee
te brengen.

Freddy reikte met zijn arm zo hoog als hij maar
kon, tot hij het kruis stevig vasthad. Hij moest er enkele keren stevig aan wrikken, en uiteindelijk kwam
het los.

Hij slaakte een zucht van opluchting. Eerst moest
hij nog veilig en wel beneden zien te komen, maar
vanaf dan mocht die vampier gerust zijn pad krui-
sen. Immers, door hem dat zilveren kruis te laten zien,
kon hij de vampier de stuipen op het lijf jagen.

Nog geen minuut later sprong de jongen van het
altaar. Zijn opdracht was volbracht. Zoals afgesproken zou hij nu eerst Molly ophalen, want haar kamer
lag vlakbij. Daarna zouden ze Andy oppikken en met
z'n drieën zouden ze naar de kelder gaan om uit te
vissen hoe ze dat poortje daar konden forceren. Nu
ze een wapen hadden om zich mee te verdedigen,
leek zo'n nachtelijke tocht veel minder gewaagd. Tenminste, als dat zilveren kruis hen ook daadwerkelijk
beschermde …

Freddy trok de deur van de kapel open en liep de
brede gang weer in. Hij voelde zich nog altijd heel gewoon. Zijn innerlijke radar bespeurde voorlopig geen
gevaar.

Een eind verder sloeg hij een nieuwe gang in. Niet ver daarvandaan was het lokaal waar ze het zwembad aan het bouwen waren. Hij zou straks samen met de anderen gaan kijken hoever de werkzaamheden gevorderd waren. Dat hadden ze afgesproken. Maar, bedacht Freddy opeens, wat belette hem eigenlijk om nu al eens te loeren? Misschien kon hij nu al zien wat de bedoeling was van die diepe kuil? Hij kon best nog even een kleine zijsprong maken. Voor de opdracht die hij had volbracht, mocht hij zichzelf toch wel belonen. En hij voelde nog altijd geen gevaar in de omgeving.

Freddy sloop het lokaal binnen. Op het eerste gezicht leek er niet veel veranderd. Maar toen hij met zijn zaklamp om zich heen scheen, zag hij dat de graafmachine vervangen was door een betonmolen. Blijkbaar was de put diep genoeg en wilden ze nu de bodem ervan betonneren.

Freddy liep naar de rand van de kuil en richtte de lichtstraal naar beneden. De bodem, die wel vijftien meter diep lag, kon hij amper zien. Toch zag hij vaag dat die inderdaad al onder een laag beton zat. Maar de wanden waren nog niet klaar. Ze waren nog maar halverwege met de bekisting ervan. Freddy fronste de wenkbrauwen. Dit zwembad, of wat het ook moest worden, zou in elk geval een bijzonder vreemde vorm hebben. Ongeveer vijftien meter diep, met een doorsnede van zes meter bovenaan en een van vier beneden. Waar had hij nog eens zoiets gezien? Freddy spande zich in om zich een beeld voor de geest te halen. Maar toen kreeg hij het opeens erg warm. Meteen wist hij wat hem overkwam. Een of andere vampier kwam zijn richting uit!

Freddy's hart ging hevig tekeer van de schrik en hij besefte dat die vampier dat makkelijk zou horen. Hij wist wel dat hij eigenlijk geen angst hoefde te hebben, want hij had nu een afweerwapen bij zich. Maar dat was gemakkelijker gezegd dan gedaan en hij besloot er toch maar zo snel mogelijk vandoor te gaan. Op dat moment daagde de vampier op, aan de andere kant van de put!

Een afstand van zes meter scheidde hen. Freddy kon niet zo gauw ontsnappen, maar de vampier kon hem ook niet meteen te pakken krijgen. Wat moest hij doen? Schreeuwen om hulp? Daar was het nog te vroeg voor. Dat kruisbeeld laten zien? Daar was de afstand nog te groot voor. Verdorie, hij moest zo snel mogelijk de uitgang van het lokaal bereiken. Maar die vampier stond in de weg. Gelukkig dat het er maar een was.

Die gedachte was nog niet koud of daar verscheen aan de andere kant opeens een tweede vampier! Hoe was dat mogelijk? Molly had het altijd over één exemplaar gehad en nu waren ze met z'n tweeën!

De twee vampiers aan de andere kant grijnsden naar hem. Toen liepen ze langzaam naar hem toe, elk aan één kant van de put.

Freddy besefte dat hij klem zat. Hij sprintte naar de andere uithoek van het lokaal. Als daar geen uitweg was, dan zat hij vast. Gelukkig had hij het kruisbeeld nog. Hopelijk werkte het.

Zo snel hij kon, zigzagde hij langs de opgestapelde bouwmaterialen tot bij een lange, overwelfde gang. Die had hij nog niet eerder gezien. Het was de ideale vluchtweg.

Als de bliksem liep hij de gang in, maar toen doemde vanuit het niets een derde vampier op die hem de weg versperde. Freddy had geen andere keuze meer.

Hij haalde het zilveren kruisbeeld uit zijn mouw en wees ermee naar de vampier. Maar in plaats van verschrikt achteruit te deinzen en te vluchten, grijnsde het gedrocht alleen maar naar hem. Het kruisbeeld leek niet het minste effect te hebben! Hoe kon dat?

Freddy deed het bijna in zijn broek van schrik. Hij draaide zich om en zag de twee andere vampiers naderen. Nu was de weg aan beide kanten afgesneden. Zo dadelijk hadden ze hem te pakken …

Met de moed der wanhoop slingerde hij het zilveren kruisbeeld in de richting van de twee vampiers. Maar ook op hen had het geen enkele uitwerking, integendeel. Een van de twee raapte het kruisbeeld op. Meteen kwam er zwarte rook uit het beeld en nog geen vijf seconden later was het helemaal verdampt. De drie vampiers gierden van het lachen en kwamen toen grijnzend en tergend langzaam op hem af.

Radeloos keek Freddy naar boven, alsof hij vanuit de hemel een reddende hand verwachtte. Maar in plaats van die hand zag hij boven hem een verticale koker met een brandladder. Dat was zijn redding … De jongen nam een sprong, greep de onderste sport van de ladder vast en trok zich snel op.

Net op tijd! De aanstormende vampiers graaiden in de leegte. Als een dolle aap klauterde Freddy de ladder op. Vier meter verder zag hij aan de zijkant een houten rooster met daarachter een gang. Het hout zag er tamelijk gammel uit en Freddy stootte keihard met zijn schouder ertegen.

Dat was genoeg. Met een oorverdovende klap kwam het houtwerk aan de andere kant op de vloer terecht. Freddy kon weer verder. Hij kroop uit de koker te voorschijn en op hetzelfde moment vloog een deur aan de andere kant van de gang open. De Buffel, in blauwgestreepte pyjama, liep razend de gang in en beende recht op Freddy af.

'Wat heeft dat te betekenen?' schreeuwde hij.

Even wist Freddy niet meer wat te doen. In de koker rechts van hem zag hij nog geen twee meter lager drie vampiers naar hem toe klimmen en links van hem kwam een razende leerkracht zijn richting uit.

Toen nam hij een besluit. Net voor de Buffel hem te pakken kreeg, ging hij er als een pijl uit een boog vandoor.

'Vleerackers!' brulde de Buffel. 'Kom onmiddellijk terug! Dit is een bevel! Zoniet ...'

Meer kon de man niet zeggen. De vampier die het eerst uit de koker kroop, had hem al in een ijzeren greep vast. De tweede vampier volgde kort daarop zijn voorbeeld. En nog voor de laatste vampier vaste grond onder zijn voeten had, weerklonk voor de derde keer in evenveel dagen een vreselijke schreeuw door de gangen van de abdij ...

*'Een vampier slaapt overdag in zijn kist.'*
Citaat uit het *Boek der Vampiers* van A. La Val

# Achttien

*Donderdag 26 oktober, rond halfnegen*

Een hele sliert bussen zette zich in beweging. Ze lieten de oude gebouwen van de abdij achter zich en reden langzaam de duinen in.

Met lede ogen zagen Freddy en Andy vanuit de bibliotheek hoe de ene bus na de andere achter de zandige kruinen verdween. Molly daarentegen glunderde. Nu zou niets nog in de weg staan om dat plan dat ze al bijna een dag in haar hoofd had, te kunnen uitvoeren. De mislukking van gisteravond had haar heel wat wijzer gemaakt. Niet alleen bleken er nu meerdere vampiers te zijn, maar ook waren die immuun voor zilver en kruisbeelden. Ze moesten dus dringend ingrijpen. Vandaag was de ideale dag daarvoor. Wachten tot meneer La Val naar hun school kwam volgende maandag, maakte de tegenstanders alleen maar sterker. Er waren al genoeg slachtoffers gevallen. En al was Freddy gisteravond niet in zijn opzet geslaagd, hij had er toch maar mooi voor gezorgd dat meneer Buffel nog een hele dag uitgeschakeld bleef!

Dat wist Molly zeker. Want de Paal had vanmorgen nog beslist dat meneer Paelinck op school moest blijven om toezicht te houden terwijl het drietal straf schreef. Hij mocht dus ook niet mee naar het 'Salon van de Voeding'. Daarmee wilde de Paal de leraar die zijn gezag durfde te trotseren, eens een flinke hak zetten. Tenminste, dat dacht hij.

'Wel, Molly, Freddy en Andy, zouden jullie niet beter je bank weer opzoeken in plaats van jezelf te pijnigen. Ik kan me best voorstellen hoe jullie je nu voelen.'

'U moet zich ook wel rot voelen omdat u door onze schuld niet mee kunt gaan,' zei Molly.

Tegen een andere leraar zou ze zoiets nooit hebben durven zeggen, maar meneer Paelinck leek anders.

De man glimlachte zonder iets te zeggen. Molly begreep hem onmiddellijk. Het kon hem blijkbaar ook niet zo veel schelen dat hij niet meemocht.

'En nu,' zei de leraar, 'moet ik jullie normaal gezien in het oog houden en de hele dag straf laten schrijven. Dat zou bij meneer Buffel toch het geval zijn als hem gisternacht niets was overkomen.'

Het drietal knikte.

'Maar,' zo ging hij verder, 'ik vind dat jullie al genoeg gestraft zijn. Gisteren de hele dag strafwerk schrijven, vandaag niet mogen meegaan naar het 'Salon van de Voeding'. Voor mij is het meer dan welletjes. Als jullie mij beloven dit schoolgebouw onder geen beding te verlaten en jullie je met iets nuttigs bezighouden, dan laat ik jullie tot op zekere hoogte vrij.'

Het drietal juichte zacht.

'Maar,' zo voegde hij er nog snel aan toe, 'blijven jullie alsjeblieft uit de buurt van de werkzaamheden en uiteraard komen jullie ook niet te dicht bij de kamer van meneer Buffel. Ik wil hier graag de rest van dit schooljaar les blijven geven. Ik hoop dat jullie dat begrijpen.'

'Natuurlijk,' zei Molly terwijl de twee anderen heftig knikten. 'Maar, meneer, blijft u dan ook hier de hele tijd?'

'O, dat weet ik niet. Misschien wel, misschien niet. Ik loop waarschijnlijk wat rond. In deze school zijn vele hoekjes die ik nog niet gezien heb. Dus ...'

Wij ook niet, dacht Molly, maar dat sprak ze niet uit.

Nog geen halfuur later stonden ze klaar.

'Zijn jullie niets vergeten?'

'Nee,' zei Freddy. Hij hield het rugzakje open en keek erin. 'We hebben de drie zaklampen mee, de koevoet, de bijl, de houten hamer en de drie puntige staken. Alles zit erin.'

114

'Goed, dan zijn we zo snel mogelijk weg. Hoe eerder dat karwei achter de rug is, hoe beter. Het zou mooi zijn als alle vampiers netjes waren opgeruimd tegen dat de bussen terug zijn.'

'Jij ziet de zaken nogal rooskleurig,' zei Freddy. 'Denk je nu werkelijk dat die vampiers zich zonder slag of stoot zullen overgeven?'

'Natuurlijk, want ze zullen machteloos zijn en dus aan ons overgeleverd. Zolang de zon niet onder is, kunnen ze immers niet bewegen. Maar eerst moeten we ze nog vinden. Ik hoop dat we de villa via die ondergrondse gang kunnen bereiken.'

'Ik hoop dat je deze keer gelijk hebt,' zuchtte Freddy. 'Want je idee over dat kruisbeeld klopte helemaal niet.'

Molly haalde de schouders op. Zo snel verloor ze haar optimisme niet.

'Proberen we dat huis niet beter via het strand en de duinen te bereiken?' stelde Andy voor. 'Dat lijkt me minder eng.'

'Geen sprake van!' riep Molly kwaad. 'Om te beginnen hebben we meneer Paelinck beloofd niet naar buiten te gaan. Bovendien kunnen zowel hij, de Buffel, als die aannemer met zijn werklui ons buiten veel te goed zien. Nee, we kunnen het alleen maar via die gang proberen.'

Freddy slingerde het rugzakje op zijn schouders

en even later daalde het drietal de trap af naar de voorraadkelder.

Zonder problemen bereikten ze het poortje dat toegang gaf tot de grote koepelvormige ruimte. Andy schakelde het licht aan en ze liepen door naar het volgende poortje, dat de vorige keer gesloten was en waar Molly dat vreemde geruis had gehoord.

Zodra ze daar waren, luisterde Molly heel aandachtig of ze het niet weer kon horen. Maar daarachter bleef het muisstil. Toen vroeg ze Freddy of hij niets gewaarwerd. Maar ook bij hem bleef alles rustig.

'Goed,' zei Andy, 'haal die koevoet maar uit de rugzak. Benieuwd hoe lang dit poortje standhoudt.'

'Als we nu eerst eens proberen of het ondertussen niet open is,' stelde Molly kalmpjes voor. En voor de twee anderen konden reageren, greep ze de klink vast en trok eraan. Tot hun verbazing draaide het poortje daadwerkelijk schurend open. Erachter lag een pikzwarte ruimte.

'Ik denk dat we beter onze zaklampen nemen,' zei Freddy.

Nog geen minuut later peilden drie lichtstralen de diepte van de donkere ruimte. Maar nergens bereikten ze een hindernis.

'Dit kan alleen maar een ontzettend grote grot zijn,' besloot Molly. 'Gelukkig dat ik op de grond iets heb gezien dat lijkt op een pad. Dat moeten we volgen en dan maar hopen dat het ons ergens heen brengt, het liefst naar die villa.'

'Gaan we niet verdwalen?' vroeg Andy angstig.

'Zolang dat licht hier blijft branden en dit poortje open blijft, kunnen we altijd terug. Komaan ...'

Andy zei niets meer. Zonder een woord trok Molly als eerste van de drie de duistere grot in. Freddy volgde haar meteen. Andy aarzelde even voor hij het aandurfde hen achterna te gaan. Maar omdat hij niet graag alleen bleef, sloot hij zich ten slotte snel bij hen aan.

Het pad bleek erg lang en de verlichte opening in de verte achter hen werd alsmaar kleiner. Even vroeg ook Molly zich af of ze de terugweg nog wel zouden vinden. Stel je voor dat iemand ondertussen het licht in de koepelvormige ruimte doofde of het poortje afsloot. Maar toen schudde ze de twijfels van zich af. Het pad was in het licht van de drie zaklampen immers best te volgen.

Na een tijdje lopen werden opeens links en rechts van hen de muren van de grot zichtbaar, alsof ze in een trechter terecht waren gekomen. Tegelijk begon het pad ook te stijgen en even later zagen ze de zoldering van de grot, vol druipgesteente, en treden die in de kalkachtige grond waren uitgehakt.

Molly kon zich nauwelijks nog oriënteren, maar

toch vermoedde ze dat ze in de richting van de villa liepen. Ook de trap die ze op liepen, was ellenlang en misschien zouden ze zo de kelder van dat lugubere huis bereiken ...

Maar het beklimmen van al die treden duurde langer dan ze hadden verwacht.

'Denk je dat het nog ver is?'

Dat was Andy natuurlijk.

'Ik weet het niet,' zei Freddy. 'Word je moe misschien?'

'Nee, helemaal niet,' zei Andy, 'maar ik heb de indruk dat we hier niet meer alleen zijn. I... ik zou bijna durven zweren dat we gevolgd worden ...'

Op datzelfde moment kreeg Freddy het opeens warm.

'Wat is er met jou aan de hand?' vroeg Molly. 'Of is het zover?'

'Ik vrees van wel,' gaf de jongen met tegenzin toe. 'Hier in de buurt moet een of andere vampier zitten ...'

Meteen draaiden de drie zich om en met hun zaklamp probeerden ze de trappen die ze daarnet hadden beklommen, zo ver mogelijk te verlichten. Maar op het eerste gezicht was er niets te bespeuren.

'Waarschijnlijk,' zei Molly, om de twee anderen gerust te stellen, 'voelt Freddy die drie vampiers in de kelder van de villa. Volgens mij is die niet meer veraf.'

'Denk je dat ik het fout heb?' vroeg Andy.

'Nee, dat zeg ik niet. Maar áls er ergens een vampier zit, dan zal dat boven zijn. Tenminste, dat hoop ik.'

Toen liep Molly vastberaden door. Ze was nog geen tien treden hoger gekomen, of daar zag ze in het schijnsel van haar zaklamp heel in de verte een vermolmd poortje. Dat moest de toegang tot de kelder zijn!

Meteen bevestigde Freddy haar vermoeden. Bij elke stap die hij zette, kreeg hij het warmer. Het was alsof die kelder stampvol zat met vampiers, zo bloedheet kreeg hij het. Gelukkig sliepen ze nu. Of dat hoopten ze toch …

Molly probeerde het poortje open te duwen, maar ze kreeg er geen beweging in.

In een oogwenk had Andy de koevoet uit de rugzak gehaald. Freddy nam hem aan en zette hem vast. Uit alle macht trok hij aan de steel. Het poortje schoot uit zijn hengsels en viel met een klap op de grond ...

Molly, Freddy en Andy konden hun ogen niet geloven.

*'Een vampier kan niet tegen zonlicht.'*
Citaat uit het *Boek der Vampiers* van A. La Val

# Negentien

Als door een bliksemflits getroffen, schoot meneer Buffel opeens wakker. De pijn die hij in zijn achterwerk voelde, was nog steeds hevig. Zo erg zelfs dat hij maar met de grootste moeite van de wereld overeind kon komen. Hij begreep het niet goed, maar iets in zijn diepste binnenste droeg hem op meteen naar de bibliotheek te gaan. Toch wist hij heel goed dat zijn collega Paelinck aangewezen was om op de drie gestrafte leerlingen te letten. Maar hij was er niet helemaal gerust op.

Het kostte hem een bijna bovenmenselijke inspanning om uit zijn bed te komen en zijn kamer te verlaten. Maar bij elke stap die hij zette, ging het wat beter. Toch zou het nog een hele tijd duren voor hij bij de bibliotheek was.

Op datzelfde ogenblik een heel eind daarvandaan riep Andy voor de zoveelste keer: 'Wie had dat gedacht?'

In die vunzige kelder vol spinnenwebben, waar nooit zonlicht binnenviel, stonden op stenen tafels geen drie, maar niet minder dan twaalf doodskisten! Allemaal waren ze in bruin vernis geschilderd. Ze glommen en blonken alsof ze gisteren nog in de toonzaal van de begrafenisondernemer stonden.

'En ligt er nu in elk van die kisten een vampier?' vroeg Andy vol ongeloof.

'Dat zullen we onmiddellijk zien,' zei Molly. 'Freddy, probeer jij maar met je koevoet het deksel van deze kist te verwijderen.'

Ze hoefde het hem geen twee keer te vragen. Als een volleerd inbreker ging Freddy met het breekijzer tekeer.

Bij de derde poging klapte het deksel open. Het drietal was er als de kippen bij om de inhoud van de kist van nabij te bekijken.

Omgeven door een krans van roze satijn, gehuld in een prachtige, stijlvolle jurk van begin vorige eeuw, lag daar een vrouwelijke vampier. De twee puntige hoektanden aan beide zijden van de mond waren duidelijk te zien.

'En moeten we die vrouw nu ook van kant maken?' vroeg Andy aarzelend.

'Uiteraard,' zei Molly, 'die zijn minstens even gevaarlijk als hun mannelijke tegenhangers. Drijf haar maar zonder pardon een houten staak door het hart en zorg dat die goed vast blijft zitten.'

'Maar dat is eigenlijk lijkenschennis,' probeerde Andy nog uit te brengen.

'Tot ze achter je aan zit, dan denk je er wel anders over. Geen genade! De staak erin en dan kunnen jullie beginnen met de volgende. Hoe eerder we hier klaar zijn, hoe sneller het gevaar voorbij is.'

'Alles goed en wel,' gaf Freddy toe, 'maar uiteindelijk hebben we maar drie puntige stokken meegebracht. Als ik goed kan tellen, hebben we er nog negen te kort. Hoe lossen we dat op?'

'Je hebt gelijk,' zei Molly. 'Daar heb ik niet aan gedacht. Terwijl jullie alvast beginnen, kijk ik hier even rond in de kelder om te zien of er geen stokken liggen. Die kunnen jullie dan met de bijl scherp maken. Afgesproken?'

'Afgesproken,' antwoordde Freddy.

Terwijl Molly op zoek ging, haalde Freddy de houten hamer en een eerste puntige stok uit de rugzak.

'Wil jij kloppen terwijl ik de staak vasthou of doe je het liever andersom?' vroeg Freddy aan Andy.

'Nee, sla jij maar. Ik zal de stok wel op de juiste plaats houden. Maar klop alsjeblieft niet op mijn vingers, hé!'

'Uiteraard niet! Wat dacht je wel?'

Zo gezegd, zo gedaan. Andy richtte de punt van de staak recht op het hart van de vampier. Freddy was ondertussen tot aan de rand van de kist geklommen, hij spuwde eens goed in zijn handen, zwaaide zwierig met de houten hamer en gaf een klop van formaat. Het bloed spatte in het rond en de houten paal drong tot diep in het lichaam.

'Gelukt,' riep Freddy en toen schoot hij in de lach.

Dat was niet alleen van de zenuwen, maar ook omdat Andy rode spetters had op zijn gezicht. De jongen moest ervan kokhalzen.

'Dat heb je goed gedaan,' riep Freddy. 'Vooruit, de volgende kist. Ik hoop dat Molly nog munitie voor ons vindt.'

Molly was ondertussen aan het einde van de kelder. Maar ze had niets bruikbaars gevonden. Terwijl ze langs al die doodskisten liep, had ze wel gezien dat op elke kist een koperen naamplaatje hing. Daarop stond de naam van de overledene, of beter van de 'ondode' gegraveerd: *Drucala, Dranoetra, Drusilla, Diphylla* en nog acht namen die ze zo gauw niet kon onthouden. Het waren namen die perfect bij vampiers pasten. Diep in haar binnenste voelde ze dat er iets was met die namen. Iets vreemds.

'En, heb je al stokken gevonden?' hoorde ze Freddy roepen. 'Straks kunnen we niet meer verder werken.'

Toen kreeg Molly een idee. Als de bliksem snelde ze terug naar de twee jongens. Freddy had net een derde kist opengebroken. Er lag een mannelijke vampier in.

'Mag ik even je koevoet gebruiken?' vroeg ze aan de jongen.

'Haha,' lachte Andy, 'Freddy heeft een koevoet!'

'Hou maar op met lachen,' riep Freddy, 'of ik zorg ervoor dat je straks helemaal onder het bloed zit!'

Molly rende met het breekijzer naar het kelderluik dat ze had gezien toen ze die eerste keer naar de villa kwam. Met de koevoet kreeg ze dat luik vast open en dan kon ze even naar buiten. Immers, vlakbij in de tuin stond die gammele afsluiting en die was in de grond vastgezet met houten staken. Dat wist ze nog goed.

Met een klap kreeg ze het luik open. Molly kroop naar buiten, rende naar de afsluiting en trok de ene staak na de andere uit de grond.

Eventjes voelde ze zich schuldig. Want hiermee had ze eigenlijk haar belofte tegenover die toffe meneer Paelinck gebroken. Maar het kon niet anders. Bovendien stond ze aan de voorkant van de villa en die was vanaf de abdij niet te zien.

Nog geen minuut later stond ze alweer in de kelder met in haar armen een bundeltje staken.

'Je bent precies op tijd,' riep Freddy, 'want nummer vier ligt hier al te wachten. Ik heb ondertussen de truc gevonden om een kist zonder koevoet te openen. Je mag die dus bij je houden.'

Nog één keer verdween Molly naar buiten, om even later met een laatste bundel stokken terug te keren. Daarna sloot ze het luik zorgvuldig weer af.

'Ik denk dat het hiermee wel moet lukken,' zei ze tegen de jongens.

'Ja, hoor,' zei Freddy, 'er liggen nog zeven kandidaten op ons te wachten. Zodra die ook netjes vastgepind zijn, hebben we ons diploma van professioneel vampierjager wel verdiend. Niet, Andy?'

De jongen lachte maar zuur. Zijn hele gezicht zat nu onder de bloedspatten.

'Goed,' antwoordde Molly, 'terwijl jullie verder werken, ga ik ondertussen de bovenverdiepingen van dit huis eens verkennen. Wie weet wat ik daar nog vind.'

'Maar is dat niet te gevaarlijk?' vroeg Freddy. 'Zo helemaal alleen!'

'Wie of wat moet ik vrezen? Alle vampiers liggen hier en straks hebben jullie ze allemaal uitgeschakeld.'

'Maar misschien liggen er boven ook nog?'

'Och, die kans is heel klein. En als ze daar zijn, dan slapen ze, want het is dag. Bovendien komt er in de rest van het huis nog veel meer zonlicht binnen dan hier. En daar kunnen vampiers absoluut niet tegen. Dus ...'

'Ik hoop dat je gelijk hebt,' riep Freddy haar bezorgd achterna.

Dat hoop ik ook, dacht Molly. Normaal komen vampiers niet voor zonsondergang uit hun kist. Je krijgt ze zelfs niet wakker. En van zonlicht houden ze helemaal niet. Net zoals ze niet van zilver en van kruisbeelden houden.

Maar toen dacht Molly er opeens weer aan dat dat laatste niet langer klopte. Gisteravond hadden die drie vampiers helemaal niet teruggedeinsd voor het zilveren kruisbeeld, integendeel!

Niet meer zo zeker van haar stuk liep Molly de steile keldertrap op. Het vermolmde hout kreunde onder haar gewicht. Ze duwde de klink van de kelderdeur naar beneden. Tot haar grote opluchting bleek die niet op slot te zijn.

Molly liep de hal van de villa in. Door de bestofte ramen kwam veel meer licht naar binnen dan in de kelder. Toch hingen hier minstens evenveel spinnenwebben.

De eerste deur die Molly openduwde, gaf uit op een reusachtig salon. Alle meubels waren bedekt met grote lakens die ooit wit waren geweest. Het geheel zag er bijzonder spookachtig uit. Hier kon iemand zich makkelijk verbergen. Molly duwde die gedachte snel weer weg.

Nadat ze op de benedenverdieping ook nog een typisch Victoriaanse keuken had verkend waar alles onder een dikke laag stof zat, besloot ze naar de eerste verdieping te gaan.

Ook daar kraakten de houten planken vervaarlijk. Hopelijk begaven ze het niet onder haar gewicht. Maar goed dat de jongens niet met haar meegekomen waren. Misschien was Freddy er wel door gezakt.

Boven zag ze drie deuren. De eerste die ze openduwde, gaf toegang tot een slaapkamer. Die zag er precies hetzelfde uit als het salon beneden. Ook hier zat alle meubilair weggestopt onder lakens. In de twee andere kamers was het niet anders. Het viel haar alleen op dat die slaapkamers veel kleiner waren dan ze had verwacht, alsof er een kamer ontbrak. Nu ja, dat kon gezichtsbedrog zijn. Met al die afgedekte meubels leken de kamers immers veel kleiner.

Molly moest alleen nog de zolder verkennen. Misschien ontdekte ze daar nog iets interessants.

Een gammele trap leidde naar de bovenste verdieping van de villa. Maar ook daar lag niets bijzonders. Alleen een stapel rommel, het onderzoeken niet waard. Molly besloot terug te keren. De jongens zouden misschien al klaar zijn met hun werk en dan konden ze maar beter zo snel mogelijk die enge weg terug nemen.

Ze keerde zich om om de trap af te dalen, toen ze opeens van heel diep beneden geschreeuw hoorde. Haar hart stond stil. Dat waren de stemmen van Freddy en Andy! Wat kon hun overkomen zijn?

*'Een vampier houdt zijn slachtoffer in zijn macht.'*
Citaat uit het *Boek der Vampiers* van A. La Val

# Twintig

Met een laatste krachtinspanning duwde meneer Buffel de deur van de bibliotheek open. Het had hem heel wat moeite gekost om die lange weg van zijn slaapkamer tot hier af te leggen. Nog nooit had die kont van hem zoveel pijn gedaan. Maar toen hij zag dat de bibliotheek verlaten was, grijnsde hij. Zijn voorgevoel had hem niet bedrogen. Niet alleen waren de vogels gaan vliegen, maar ook hun oppasser was weg. Hij had kunnen weten dat die Paelinck niet te vertrouwen was. Maar waar konden die kwajongens zitten?

Meneer Buffel besefte dat hij nog niet aan het eind van zijn lijdensweg was. Maar met het doel dat hij nu voor ogen had, wilde hij best nog wat meer afzien ...

Niet zo ver daarvandaan slaakte Andy voldaan een diepe zucht. 'Die klus hebben we mooi geklaard, hé?'

'Zeker, Andy, en zodra we weer in de abdij zijn, mag jij onder de douche. Door al dat gespetter zie je er zelf als een monster uit.'

Freddy en Molly lachten. Het weergalmde in de reusachtige grot.

'Was er dan echt geen andere manier om al die vampiers onschadelijk te maken?' vroeg Andy.

'Toch wel,' gaf Molly toe, 'met die bijl die we hebben meegenomen, hadden we ze ook het hoofd kunnen afhakken. Ik had er eigenlijk aan moeten denken. Dan hoefde ik geen staken bijeen te scharrelen. En misschien had jij dat wel liever gedaan.' Molly grijnsde guitig.

'O, nee,' riep Andy, 'ik huiver al bij die gedachte.'

'Toch was het misschien een goeie oefening geweest,' lachte Freddy. 'Dan zou jij er zeker geen moeite meer mee hebben om volgende maand een levende kip de kop af te snijden. Of vergis ik me?'

Weer schoten Molly en Freddy in de lach.

Ondertussen waren ze al bij de toegang tot de koepelvormige ruimte, waar het licht nog altijd brandde. De terugtocht was snel en zonder problemen verlopen.

De jongens hadden Molly schreeuwend duidelijk willen maken dat hun taak erop zat. Ze was zich dood geschrokken en was bliksemsnel van de zolder naar beneden gerend. Maar toen ze hen lachend in de hal had zien staan, besefte ze dat het vals alarm was. Even was ze kwaad geweest omdat ze haar nodeloos de stuipen op het lijf hadden gejaagd. Maar toen ze de twaalf doorboorde vampiers in hun kisten zag liggen, wist ze dat alle gevaar bezworen was. Tevreden hadden de jongens hun spullen weer in de rugzak gestopt en snel waren ze afgedaald naar de grote grot.

Probleemloos kwamen ze weer in de abdij. Alle dreiging was nu weg. De rest van de dag zouden ze zich koest houden in het gezelschap van die vriendelijke meneer Paelinck.

Het drietal liep de trap op die hen naar de keukens moest brengen. Eenmaal boven borgen ze het gereedschap dat ze hadden meegenomen, weg in het atelier waar ze het hadden gevonden.

Daarna liepen ze naar de bibliotheek, die ze pas anderhalf uur geleden hadden verlaten. Meneer Paelinck was nog altijd niet terug. Hij zou niet eens doorhebben dat ze bijna de hele tijd elders hadden gezeten. Maar waar was hij nu? En wat was hij eigenlijk aan het doen? Molly vond het opeens een beetje verdacht.

Maar alsof de leraar haar gedachten raadde en haar gerust wilde stellen, ging de deur van de studiezaal open en kwam hij binnen.

'Hé,' zei hij verstrooid. 'Zijn jullie hier nog altijd? Sorry dat ik zo lang weg geweest ben.'

Het lag Andy op de tong om te zeggen dat ze ook nog maar net terug waren. Gelukkig kreeg hij nog net op tijd een schop onder zijn kont van Molly.

'Maar,' zo ging de leraar verder, 'ik heb ondertussen goed nieuws voor jullie klas gekregen. Meneer La Val heeft toegezegd om volgende maandag die lezing te komen geven.'

De jongens juichten. Molly ook, hoewel het nu eigenlijk niet meer nodig was om die auteur te spreken. Ze waren er immers toch in geslaagd alle vampiers definitief uit te schakelen. Ze vroeg zich alleen nog af hoe de vier slachtoffers van die vampier zouden reageren nu hun belager er niet meer was. Wat voor effect zou dat hebben op de aannemer, Alfret, de directeur en meneer Buffel?

De deur van de bibliotheek vloog plots open en meneer Buffel stak zijn hoofd om het hoekje.

'Wel, Kamiel,' vroeg meneer Paelinck verwonderd, 'zou jij niet beter rusten op je kamer? Zo rondlopen is toch niet goed voor jou?'

'O nee?' antwoordde de leraar met een vals lachje. 'Daar denk ik heel anders over. Goed, ik weet nu meer dan genoeg.' En met een klap ging de deur weer dicht.

Meneer Paelinck haalde de schouders op. De jongens schoten bijna in de lach. Maar Molly had de blik gezien in de ogen van meneer Buffel en ze besefte maar al te goed dat er iets niet in orde was …

Uren later zat Molly op haar kamertje nog altijd te piekeren. In de recreatiezaal hadden ze afgesproken elkaar vanavond niet op te zoeken. Het was immers niet meer echt nodig en bovendien vertrouwde ze de situatie nog niet helemaal. Molly had het gevoel dat er iets niet klopte, ook al hadden ze alle vampiers uit de weg geruimd.

In de loop van de avond waren de bussen teruggekeerd. Iedereen had een reuzeleuke dag gehad. Op dat 'Salon van de Voeding' hadden ze zoveel mogen proeven dat niemand nog honger had. Iedereen leek heel tevreden te zijn. Ook Alfret, de directeur en meneer Buffel gedroegen zich heel gemoedelijk. Maar de vreemde blik in hun ogen was nog altijd niet helemaal verdwenen en dat zinde Molly niet.

Zodra ze op haar kamer was, zette ze alle feiten nog eens op een rijtje. Als al die vampiers definitief uitgeschakeld waren, hoe konden ze dan nog vat hebben op hun slachtoffers? Of zou hun invloed pas na enige tijd uitgewerkt zijn? Die verklaring leek te mooi om waar te zijn.

Molly kreeg het knagende gevoel dat ze iets over het hoofd had gezien. Maar wat kon dat dan zijn? Ze kon ook niet uit haar hoofd zetten dat meneer Paelinck al die tijd dat zij weg waren, ook verdwenen was. Wat had hij in die tussentijd gedaan? En waar-

134

om moest meneer Buffel zo nodig uit zijn bed komen?

Molly staarde peinzend uit het raam. Op de kliffen in de verte zag ze het silhouet van de villa. Op die twaalf vampiers na hadden ze er niets merkwaardigs gevonden ... Toen schrok ze hevig.

In het huis floepte een lichtje aan! Achter hetzelfde raam als alle vorige nachten! Molly wist dat ze geblunderd had. Op de eerste verdieping van de villa waren geen drie, maar dus toch vier kamers. Haar voorgevoel had haar niet in de steek gelaten. Die vierde kamer was vermoedelijk niet toegankelijk via de overloop, maar wel via een van de slaapkamers. Ze had beter uit haar doppen moeten kijken. En toen werd ze pas echt kwaad op zichzelf.

Tuurlijk! Ze had het moeten zien! Twaalf vreemde namen van vampiers had ze op die kisten in de kelder zien staan. Maar die van Snotferatoe was er niet bij. Hoe had ze zo stom kunnen zijn? De belangrijkste van allemaal had ze overgeslagen. De vampier waarmee alles begonnen was, had ze niet gevonden. De kist die vanaf de begraafplaats door de duinen naar de villa was gesleurd, stond blijkbaar op een andere plaats. En dat kon alleen maar die aangrenzende kamer zijn die ze over het hoofd had gezien. Wat een blunder van formaat. Ze hadden die laatste vampier zo makkelijk kunnen uitschakelen, en nu was het te laat. Wie weet wat dat monster nog van plan was ...

Molly kreeg meteen het antwoord. Een ijselijke gil weerklonk door de kille gangen van de abdij. De vampier had weer toegeslagen ...

*'Een vampier houdt niet van wijwater en knoflook.'*
Citaat uit het *Boek der Vampiers* van A. La Val

# Eenentwintig

*Zaterdag 28 oktober, even na zeven uur 's avonds*

In de keukens van restaurant 'De Vleesboom' heerste
een drukte van je welste. De eerste klanten waren aangekomen en hadden hun bestellingen al opgegeven.
Meteen was iedereen in actie geschoten, voor de tweede keer die dag. 's Middags hadden de leerlingen een
meer dan volle zaal moeten bedienen. En het beloofde vanavond net zo druk te worden.

Molly was samen met Freddy en Andy volop soep-
groenten aan het schoonmaken. De voorraad verse
soep was al flink geslonken. Dat was niet zo verwon-
derlijk, aangezien restaurant 'De Vleesboom' zijn re-
putatie vooral had te danken aan het grote aanbod
van verrukkelijke soepen.

Molly dacht weer aan wat ze de vorige dagen had
meegemaakt. Ook gisteren hadden ze met z'n drieën
van 's morgens vroeg tot 's avonds laat strafwerk gemaakt. Nu was het weekend begonnen en dat bete-

kende twee dagen lang slaven in het restaurant.

Maandagochtend kregen ze de laatste lessen voor de herfstvakantie. Molly verheugde zich al op het laatste uur. Dan zou de lezing van meneer La Val plaatsvinden. Daarna zou ze de man aanspreken en hem vertellen over hun gevaarlijke situatie. Ze wist immers heel zeker dat er nog altijd een vampier actief was. En wat voor een! Donderdagavond moest meneer Devleeschouwer eraan geloven en gisteravond was het de beurt aan mevrouw Kieckens. Molly vroeg zich af wie er vanavond op het menu stond. Behalve Alfret werden blijkbaar alleen maar volwassenen het slachtoffer. De leerlingen, die eigenlijk een veel gemakkelijker prooi vormden, werden totnogtoe ontzien. Of kwamen zij misschien pas later aan de beurt en wilde de vampier eerst het hele lerarenkorps inpalmen? Dat zou een verklaring kunnen zijn.

En dan was er ook nog die eigenaardige put waar nog altijd aan gewerkt werd. Dat was het duidelijkste bewijs dat de directeur van de school het niet meer voor het zeggen had. Tijdens de middagpauze was Andy erin geslaagd het bewuste lokaal binnen te dringen. Hij had gezien dat de bekisting weggenomen was en dat die put van wel vijftien meter diep een mooie, gladde betonnen wand gekregen had. Wat waren ze daar in 's hemelsnaam mee van plan? Molly had haar

hersenen al gepijnigd, maar nog altijd had ze geen verklaring gevonden voor dat raadsel.

'Er is daarnet een groep van twaalf man binnen-
gekomen!' hoorde ze opeens. 'Hun bestelling is zopas
doorgegeven. Gelukkig hebben ze allemaal hetzelfde
gekozen. Hier heb je het lijstje.'

De leerling van het derde jaar die instond voor de
bediening, gaf het papiertje aan Freddy. Hij nam het
aan en las het hardop voor: 'Als aperitief twaalf keer
een Bloody Mary. Daarna twaalf keer pierensoep. Als
hoofdgerecht twaalf keer bloedworst met appelmoes.
En als dessert twaalf keer knoflookijs. Als drank twaalf
keer bloedwijn en een plat watertje.'

'O ja,' grapte Andy, 'dat laatste moet je dan in een
schoteltje serveren. Veel platter kan het niet, haha ...'

'Flauwe plezante.'

Meer zei Freddy niet. Hij kreeg het opeens bijzonder warm. Tegelijk kreeg hij Molly in het oog: ze stond
als aan de grond genageld.

'Zouden er soms twaalf vampiers in die zaal zitten?'
vroeg ze met hortende stem.

'Ik, ik vrees van wel,' stamelde Freddy. 'Of ik zou me
geweldig moeten vergissen!'

Ogenblikkelijk lieten Molly, Freddy en Andy alles
vallen wat ze vasthadden en ze renden de keuken uit.
Normaal mochten ze pas de zaal in als het tijd was

139

om af te ruimen, maar ze konden hun nieuwsgierigheid niet bedwingen.

Lang hoefden ze niet te zoeken naar de groep van
twaalf. Aan alle andere tafeltjes zaten maar twee tot
vier mensen. Op slag begonnen Freddy en Andy op
hun benen te trillen. De twaalf vampiers van wie ze
nog maar enkele dagen geleden volgens de regels van
de kunst het hart hadden doorboord, zaten daar aan
tafel. Alsof er helemaal niets was gebeurd, zaten ze
daar heel gezellig met elkaar te keuvelen ...

Een klein uur later dwaalde Freddy voor de tweede
keer in een halve week tijd door de duistere gangen
van de abdij. En zijn opdracht verschilde nauwelijks
van die van de vorige keer. Ook nu moest hij de kapel zien te bereiken om daar iets op te halen. Geen zilveren kruisbeeld deze keer, maar wel de jerrycan met
wijwater. Dat speciale water dat vampiers vervulde van
angst, stond gewoon in de sacristie van de kapel.
Volgens Molly kon je er vampiers geweldige brand-
wonden mee toebrengen. Het werkte nog sterker dan
vitriool bij mensen. Tenminste, als deze vampiers er
niet immuun voor waren. De praktijk had immers uit-
gewezen dat ze met heel speciale vampiers te maken
hadden. Een zilveren kruis of een houten staak door
hun hart deerde hun niet eens. Meer zelfs, ze bestelden

met plezier knoflookijsjes. Maar misschien waren ze wel vatbaar voor wijwater. Er moest toch iets zijn waarmee ze onschadelijk konden worden gemaakt. En aangezien hun nauwelijks nog een middel restte, moest het wel wijwater zijn. Tenminste, dat hoopte Freddy.

Bij de kapel voelde hij zich nog altijd goed. In de keuken had hij het behoorlijk warm gekregen door de aanwezigheid van die twaalf griezels in het restaurant. Maar vanaf het moment dat hij er wegging en terwijl hij door de gangen zwierf, voelde alles weer normaal aan. Hopelijk bleef dat zo.

Freddy duwde de deur van de kapel open en liep naar binnen. Zo snel mogelijk beende hij naar een zijdeur. Daarachter lag de sacristie. Binnen stond tegen de muur een jerrycan van wel twintig liter. Dat zou meer dan genoeg zijn om al die vampiers mee nat te spuiten. Want dat was het strijdplan dat Molly het voorbije uur in de keuken had beraamd. Maar voor ze het ook echt zouden doen, wilden ze het eerst nog eens uittesten met dat ene watertje.

Met de zware jerrycan in de hand verliet Freddy de kapel. Nu kwam het eropaan zo snel mogelijk in de keuken te komen zonder gezien te worden. Gelukkig was het al de hele avond heel druk, zodat de kans bijzonder klein was dat meneer Buffel of iemand anders van de aanwezige leraren zijn afwezigheid had ontdekt.

De terugtocht verliep rustig. Hij moest nog een gang door en dan was hij bij de keuken. Maar toen opeens kreeg Freddy het weer heel warm. Was een van die vampiers misschien naar het toilet gegaan? Of zat hij elders? In elk geval wist Freddy absoluut zeker dat zich hier niet ver vandaan een vampier bevond. Had die misschien iets van hun plan gemerkt? Of had hij Freddy horen aankomen? Die jerrycan meesleuren vergde tenslotte heel wat inspanning. Freddy voelde zijn hart bonzen en het zweet liep van zijn voorhoofd. Molly had hem pas nog verteld dat vampiers heel goed konden horen en nog beter konden ruiken …

Ineens sprong vlakbij een vampier te voorschijn. Freddy's hart stond bijna stil. Hij zag meteen dat het niet een van de twaalf uit de kelder was. Die griezel kon alleen maar Snotferatoe zijn!

Als de bliksem keerde Freddy zich om en probeerde weg te snellen. Meteen zette de vampier de achtervolging in.

Freddy besefte dat hij, door het gewicht van die zware jerrycan, snel zou worden ingehaald. Zijn eerste reflex was dan ook om die ballast weg te gooien. Maar toen bedacht hij zich. Hij stopte abrupt en met bevende vingers probeerde hij de dop van de jerrycan los te schroeven.

Het volgende ogenblik botste de vampier al tegen hem op. Dat gebeurde zo hevig dat enkele spatjes wijwater op de aanvaller terechtkwamen. Die brulde het uit van de pijn. Het vocht siste en brandde inderdaad als vitriool, terwijl het Freddy helemaal niet deerde.

Huilend en kermend ging de vampier ervandoor. In een mum van tijd was hij in de duisternis verdwenen.

Freddy jubelde. Eindelijk hadden ze een voortreffelijk middel gevonden om hun vijanden uit te schakelen. Dat wijwater had de test glansrijk doorstaan. Vliegensvlug vervolgde hij zijn weg naar de keuken.

Nog voor hij de kans kreeg om over zijn overwinning verslag uit te brengen, kreeg hij van Molly te horen dat de twaalf vampiers al bij het dessert waren gekomen. En ze waren het knoflookijs met smaak aan het verorberen. Zoals het drietal had gevreesd, deerde ook knoflook hen niet! Moedeloos keek Molly naar Freddy. Maar toen Freddy zijn sterke verhaal had verteld, sloeg haar humeur helemaal om. Op slag was ze weer enthousiast en niet meer tegen te houden. Straks zouden ze met z'n drieën die twaalf vampiers eens flink onder handen nemen en wie weet zelfs uit de weg ruimen ...

Ze verdeelden de inhoud van de jerrycan over drie emmers. Elk gewapend met zo'n emmer liepen Molly, Freddy en Andy het restaurant in. Het kwam eropaan heel snel te handelen. Ze moesten immers ook de Paal en de Buffel, die toezicht hielden in het restaurant, zien te verrassen.

Gelukkig keken die net de andere kant op. Bliksemsnel liep het drietal naar de tafel met de twaalf vampiers. En nog voor die de tijd kregen om te reageren, goten de drie de inhoud van hun emmers over de hele bende leeg.

De vampiers schrokken zich een bult en krijsten het hele restaurant overhoop. De meeste vampiers probeerden het water te ontwijken en kantelden met stoel en al achterover. Bij twee van de vrouwelijke vampiers vlogen de rokken de hoogte in en Molly schaterde het uit … Tot ze opeens zag dat hun benen helemaal begroeid waren met zwart haar. Jakkes, net spinnenpoten!

Maar toen kwam de terugslag. Zodra de twaalf vampiers van hun verrassing waren bekomen, stonden ze kletsnat maar ongedeerd op. De drie, die gehoopt hadden een heuse slachtpartij aan te richten, konden hun ogen niet geloven. Freddy was compleet de kluts kwijt. Daarnet was die andere vampier er door enkele spatjes wijwater als een razende vandoor gegaan, en deze vampiers deerde het helemaal niet. Integendeel, de woede vonkte in hun ogen. Ze leken wel onkwetsbaar …

Natuurlijk was meneer de directeur er als de kippen bij. Hij wrong zich in tien bochten tegelijk om
zich te verontschuldigen voor het misdadige gedrag
van zijn drie leerlingen. Meneer Buffel, die normaal
altijd de juiste woorden vond om iemand uit te
kafferen, was zo aangeslagen dat hij niets kon uitbrengen.

Maar dat was alleen maar de stilte voor de storm.
Molly zuchtte diep. Ze besefte maar al te goed dat zo
dadelijk voor haar en haar twee vrienden de hel in volle hevigheid zou losbarsten. Daaraan viel niet te ontkomen.

*'Een vampier is zo goed als onoverwinnelijk.'*
Citaat uit het *Boek der Vampiers* van A. La Val

# Tweeëntwintig

*Maandag 30 oktober, even voor elf uur 's ochtends*

Al de hele ochtend zaten Molly, Freddy en Andy in de bibliotheek strafwerk te maken. En dat hadden ze gisteren ook de hele dag gedaan. Ze hadden verwacht dat ze, na die rampzalige gebeurtenis van zaterdagavond, onmiddellijk van school verwijderd zouden worden. Maar nee, hier zaten ze weer te schrijven tot ze kramp kregen in hun vingers.

Nadat de twaalf kletsnatte vampiers onder een stortvloed van verontschuldigingen het restaurant hadden verlaten, hadden de directeur en meneer Buffel hen naar de keuken meegenomen. Daar vond een vulkaanuitbarsting van je welste plaats. Ze waren de voorbije weken al veel gewoon geworden, maar zo ziedend van woede hadden ze meneer Nozelaar nog nooit gezien. En toch kregen ze niet de straf die ze hadden verwacht – meer nog – waarop ze hadden gehóópt. Ze werden niet meteen van school weggestuurd. Integendeel, ze werden opgesloten en moesten verdergaan met dat waarmee ze eigenlijk al een halve week bezig waren: strafwerk schrijven in de bibliotheek. Blijkbaar waagde de Paal het niet meer om hen nog eens in zijn restaurant aan te het werk te zetten. En ze mochten ook de lessen van mevrouw Kieckens en meneer Devleeschouwer niet bijwonen. Maar tegen alle verwachtingen in had hij een uitzondering gemaakt voor de auteurslezing die tijdens het lesuur van meneer Paelinck zou plaatsvinden. Toen Molly dat hoorde, had ze maar met de grootste moeite haar vreugde kunnen onderdrukken. Haar kans om meneer La Val te ontmoeten, was dus niet verkeken! Maar toen zag ze het valse glimlachje op het gezicht van de Paal en opeens was ze er niet meer zo gerust op. Ze hoopte innig dat er geen addertje onder het gras zou zitten.

Meer dan ooit hadden ze immers hulp van buitenaf nodig. Alle middelen hadden gefaald. De enige geschikte persoon die ze nog op tijd kon inlichten, was die meneer La Val. Hij was een echte vampierspecialist en ze hadden hem dringend nodig. Molly vreesde dat die Snotferatoe met zijn twaalf discipelen niet lang meer zou wachten om definitief toe te slaan. Dan waren ze volkomen machteloos. Molly vond immers geen verklaring voor het feit dat het wijwater geen enkel effect op die twaalf vampiers had gehad. Terwijl Freddy toch bij hoog en bij laag volhield dat hij er Snotferatoe mee op de vlucht had gejaagd. Wat was er misgegaan? Noch zilver, noch kruisbeelden, noch staken, noch knoflook, noch wijwater konden die twaalf deren. Terwijl dat de middelen bij uitstek waren om vampiers mee te bestrijden. Dat had ze gelezen in de boeken van meneer La Val. Of stonden ze hier misschien tegenover een speciale soort van vampiers? Vampiers die mensen in de kont beten in plaats van in de hals? Vampiers die voor alle klassieke middelen immuun waren? En die – en ze dacht aan die vrouwelijke vampiers in het restaurant – blijkbaar heel veel haar op hun benen hadden. Al die bevindingen wilde ze straks met meneer La Val bespreken. Molly hoopte intens dat dat zou lukken.

Het drietal hoorde een sleutelbos rinkelen en de deur zwaaide open. Meneer Buffel, die hen in de bibliotheek had opgesloten, kwam binnen.

'Jullie hebben geluk,' zei hij. 'Als ik directeur was geweest, dan had ik jullie hier zeker laten zitten. Maar goed, het is tijd voor die auteurslezing.'

Molly, Freddy en Andy lieten het zich geen twee keer zeggen. Ze legden hun pennen neer en stonden op.

Stilzwijgend volgden ze de Buffel naar hun klas. De andere leerlingen kwamen er ook net aan.

Ze zochten hun plaats op en gingen zitten. Molly verwonderde er zich meteen over dat meneer Paelinck en zijn gast er nog niet waren. Normaal was hun leraar altijd heel stipt op tijd. Maar misschien was meneer La Val wat te laat.

De minuten kropen voorbij. Opeens ging de deur van het klaslokaal open en de directeur kwam binnen. Hij bleef in de deuropening staan en richtte het woord tot de hele klas.

'Beste leerlingen,' zo begon de Paal, 'tot mijn grote spijt moet ik jullie meedelen dat meneer Paelinck vanaf vandaag geen deel meer uitmaakt van het lerarenkorps van deze school. Zijn manier van omgaan met de leerlingen strookte niet met mijn voorschriften. Vanaf volgende maandag zullen de lessen voedingsleer gegeven worden door een andere leerkracht.'

Een grote ontgoocheling maakte zich van de hele klas meester. Meneer Paelinck was bij alle leerlingen, behalve Alfret, heel geliefd. En nu had de Paal hem aan de deur gezet.

Bij Molly kwam de slag nog veel harder aan. Ze moest zich inhouden om niet tegen de Paal uit te varen. Maar dit was natuurlijk niet het moment om het helemaal te verknallen.

'En dan is er ook nog die auteurslezing, waar jullie ongetwijfeld naar uitkijken,' vervolgde meneer Nozelaar zijn toespraak. 'Die wil ik jullie uiteraard niet onthouden.'

Molly slaakte een zucht van opluchting.

'Maar,' voegde de Paal er onmiddellijk aan toe, 'omdat meneer La Val voor zijn lezing een vergoeding vroeg en wij er daarentegen van uitgaan dat het een grote eer is om op de hotelschool van Loxleyde te mogen komen spreken, heb ik op de valreep beslist een andere auteur uit te nodigen.'

Molly's hart kromp ineen. Die laatste woorden van de directeur wilde ze gewoon niet geloven. Maar ze moest wel.

'Mag ik jullie voorstellen,' zo beëindigde de Paal zijn speech, 'mevrouw Marina Desleck die jullie een aantal recepten uit haar boek *Kippen, konijnen, wild en ander vlees* zal voorlezen.'

De Paal liep meteen de deur uit, zodat de aangekondigde persoon genoeg ruimte kreeg om de klas te betreden …

Een wandelende blubberpudding kwam te voorschijn. Het enthousiasme van de leerlingen, dat daarnet al een stevige deuk had gekregen, zakte nu tot ver onder het vriespunt.

Nu begreep Molly waarom de Paal voor hen een uitzondering had gemaakt. Hij had haar plannetje door en wilde haar dat eens goed laten voelen. Wel, het was hem gelukt. Molly wist echt niet meer wat ze nu nog kon verzinnen. Het leek erop dat ze de strijd tegen de vampiers definitief hadden verloren.

'Vampiers houden van Halloween.'
Citaat uit het *Boek der Vampiers* van A. La Val

# Drieëntwintig

*Maandag 30 oktober, even na de middag*

'En wat als we nu eens probeerden te ontsnappen?'
stelde Andy voor.

Ze zaten met z'n drieën net weer in de bibliotheek.
De Buffel had hen daar opnieuw opgesloten. Een klein
uur geleden hadden ze met lede ogen aangezien hoe
de leerlingen van de hogere jaren na bijna twee maanden opsluiting voor de eerste keer naar huis mochten.
Toch waren ze niet de enigen die op school moesten
blijven. De collectieve straf die de Paal bijna een week
geleden voor alle eerstejaars had uitgesproken, bleef
ook gehandhaafd. Ze zouden de hele herfstvakantie
moeten werken in restaurant 'De Vleesboom'. Maar
omdat het vandaag maandag was, mochten ze wel
hun vrije middag op het strand doorbrengen,
uiteraard onder streng toezicht van een groot aantal
leraren. De directeur wilde absoluut vermijden dat
sommigen de biezen namen. Maar Molly, Freddy en

Andy bleven gestraft en zaten achter slot en grendel in de bibliotheek.

Toen de Buffel hen daarnet hierheen had gebracht, was Molly nog even getuige geweest van iets merkwaardigs. Ze waren langs het lokaal met de eigenaardige put gekomen en daar had ze een heel vreemde machine gezien, als een levensgrote metalen cactus met vele, scherpe armen. Het geheel zat gemonteerd op een motor die boven de kuil hing, klaar om naar beneden te worden getakeld. Maar waarvoor dat tuig moest dienen, daar had Molly het raden naar. Ze had er in elk geval geen goed gevoel bij. Even had ze eraan gedacht om ervandoor te gaan. Maar nu Andy met datzelfde voorstel voor de dag kwam, reageerde ze heel anders.

'Ik denk niet dat het zin heeft om dat te proberen,' zei ze, 'of is het jou nog niet opgevallen dat alle leraren hier gebleven zijn? De Paal wil blijkbaar tot elke prijs vermijden dat er leerlingen ontsnappen. Bovendien mogen we niet vluchten.'

'En waarom niet?' vroeg Freddy verbaasd.

'Omdat wij nog altijd de enigen zijn die de dreiging kunnen stoppen. Als wij er niet meer zijn, is er niemand meer om die vampiers tegen te houden.'

'Maar hoe wil je dat dan doen?' vroeg Freddy, de wanhoop nabij. 'We hebben alles geprobeerd en niets werkt. En de enige die ons kon helpen, mocht niet komen. Bovendien heb ik het gevoel dat het niet lang meer zal duren voor die vampiers hun grote slag zullen slaan. Heb je trouwens al gezien welke dag het morgen is?'

'Eenendertig oktober,' zei Andy. 'En?'

'Verdorie,' riep Molly, 'morgenavond is het Halloween!'

'Ja, en dan komen alle wangedrochten uit de hel!'

'Potjandorie, dan hoeven we er niet aan te twijfelen,' riep Molly uit. 'Morgenavond zal het gebeuren!'

'Maar kunnen we dan niets doen om dat te verhinderen?' vroeg Freddy. 'Er moet toch iets bestaan dat werkt!'

'Vast en zeker,' zei Molly, 'maar hoe kom ik dat te weten?'

'Misschien staat het wel in een van die boeken?' bedacht Andy opeens. 'We zitten hier tenslotte in een bibliotheek.'

'Dat is waar ook!' riep het meisje. 'Dat ik daar niet eerder aan gedacht heb! Hier staan duizenden boeken. De meeste ervan zijn al heel oud. Ze dateren bijna allemaal uit de tijd dat er hier nog monniken waren. Als we de informatie hier niet vinden, dan is ze nergens te vinden.'

Onmiddellijk liep ze naar een grote kast met hele

rijen kleine lades. De lades zaten vol fiches en waren in alfabetische volgorde gerangschikt. Op de fiches stond in keurig handschrift de titel van een boek genoteerd en de plaats waar het werk in de bibliotheek te vinden was.

Met een ruk trok Molly de lade open waarop de letters 'VAG' stonden. Ze bladerde door een hele reeks fiches, van 'VAGANT' tot 'VASTEN'. Uiteindelijk kwam ze bij het woordje 'VAMPIERS'. Niet minder dan vijf boeken gingen daarover. Allemaal stonden ze in hetzelfde rek.

Als de bliksem snelde Molly naar de plaats in kwestie. Gejaagd sloeg ze het ene na het andere boek open. Maar nergens vond ze wat ze zocht. Er bleek geen andere methode te bestaan om vampiers onschadelijk te maken. De moed zonk haar weer in de schoenen.

Ten einde raad liep ze terug naar de kast met fiches. Nog even wierp ze een blik op de vijf fiches van daarnet en toen keek ze naar de fiche die erop volgde. 'VAMPIERVLEERMUIZEN,' stond daar geschreven. Dat was eigenlijk niet wat ze zocht. Maar omdat het hun laatste kans was, besloot ze om ook dat boek eens te doorbladeren.

Lang hoefde ze niet te zoeken. Ze sloeg het werk open en zocht de inhoudstafel op. Zoals verwacht, ging het boek over het leven van bloedzuigende vleermuizen. Bijna het hele werk was gewijd aan de *Desmodus rotundus*, de gewone vampiervleermuis uit Midden- en Zuid-Amerika. Maar in het laatste hoofdstuk kwamen ook nog twee uiterst zeldzame soorten aan bod: de *Diaemus youngi* en *Diphylla ecaudata*. Toen Molly die namen las, ging haar opeens een lichtje op. Die naam *Diphylla* klonk haar vertrouwd in de oren. Waar had ze die eerder gezien of gehoord? En toen wist ze het! Die naam had ze in de villa op een van die bruine lijkkisten zien staan.

Als een gek begon Molly het boek te doorbladeren tot ze de juiste pagina had gevonden. Meteen begon ze te lezen. Even later juichte ze luid. *'De "Diphylla ecaudata", zo stond er, in de volksmond ook 'ruigpootvampier' genoemd, is een uiterst zeldzame vampiersoort. Deze vampiers zijn heel gemakkelijk te herkennen aan hun abnormaal behaarde poten, maar vooral ook aan de plaats waar ze het bloed uit hun prooien zuigen. In tegenstelling tot de twee andere soorten vampiervleermuizen, bijten zij hun slachtoffer alleen maar in de billen.'*

Molly wist genoeg. Dit was de vampiersoort waarmee ze te maken hadden. Wat haar nu interesseerde, was de laatste paragraaf van het hoofdstuk. Want daarin stond vermeld hoe je die ruigpootvampiers het best kon bestrijden. Zo snel ze kon, begon ze de tekst te lezen.

'De werkwijze om een kolonie ruigpootvampiers uit te roeien,' zo stond er, 'is totaal anders dan bij een kolonie gewone vampiers. De enige manier om een ruigpootvampier te vernietigen, is ...'

Op dat moment klonken er voetstappen op de gang. Dat kon alleen maar de Buffel zijn die veel eerder dan verwacht was teruggekeerd.

'Molly, hij is daar,' probeerde Freddy nog zo stil mogelijk te roepen.

Meteen weerklonk het gerinkel van een sleutelbos. Molly klapte het boek snel dicht en stopte het terug op zijn plaats. Vliegensvlug probeerde ze nog bij haar tafel te komen, maar het was al te laat. De deur vloog open en in het gezelschap van drie andere leraren liep de Buffel naar binnen.

'Ik had het kunnen weten!' riep hij triomfantelijk. 'Niet alleen loopt er nog iemand van jullie rond, maar zoals ik ook kan zien, zijn jullie nog niet eens begonnen met jullie strafwerk.'

Even bleef het pijnlijk stil.

'Komen jullie maar mee,' besloot hij. 'We zullen jullie met een andere straf opzadelen. En die zal niet van de poes zijn!'

*'Een vampier is heel wraakzuchtig.'*
Citaat uit het *Boek der Vampiers* van A. La Val

# Vierentwintig

*Niet zo veel later …*

'En ik wil hier geen spatje meer zien. Het moet hier kraaknet zijn. En jullie krijgen geen eten en gaan niet naar bed voor alles hier helemaal in orde is. Begrepen?'

Molly, Freddy en Andy knikten. Ze stonden in de oude middeleeuwse keuken en de hele ruimte zag eruit alsof er net een wervelstorm door geraasd was. Zo smerig was het hier nog nooit geweest. Wie had dat op zijn geweten? Het antwoord liet niet lang op zich wachten.

'En aangezien ik hier jammer genoeg niet kan blijven om op jullie te letten,' voegde de Buffel eraan toe, 'zal jullie medeleerling Alfret jullie de hele tijd in het oog houden. Hij is trouwens nog altijd ziek en sinds enkele dagen verblijft hij hier.'

Molly had het kunnen raden. Ze had zich al afgevraagd wat er ondertussen met het neefje van de Paal was gebeurd. Ze hadden hem immers al een hele tijd niet meer gezien. Maar nu was Alfret dus weer opgedoken. En hij zat hier niet alleen om zich goed vol te vreten, maar waarschijnlijk ook om de toegang tot de kelder te bewaken. Dat was duidelijk te zien. In een hoek van de oude keuken, boven op een grote stapel kussens, lag hij daar als een Turkse pasja, lekker knabbelend aan een kanjer van een bierworst. Het enige wat aan dit tafereeltje nog ontbrak, waren twee dienaressen die hem met een grote waaier koelte toewuifden.

Alfret keek hen grijnzend aan. Op slag voelde het drietal zich tot slaafjes gedegradeerd.

Urenlang zouden ze moeten schrobben om van deze mesthoop weer een glimmende keuken te maken. En dat allemaal door de schuld van dat kleine varken.

Maar een andere keuze hadden ze niet en ze gingen dus maar meteen aan de slag. Even later verlieten de Buffel en de drie andere leraren de keuken. Toen kwam Freddy opeens met een radicaal voorstel. Wat als ze eens korte metten maakten met Alfret en daarna via de ondergrondse gangen uit de school vluchtten? Dit was hun laatste kans. Tegen die vampiers konden ze toch niets meer beginnen. Het was nu of nooit.

Maar tot zijn grote verbazing wees Molly zijn voorstel onmiddellijk af. Toen zag Freddy in waarom. Hij had het zo gauw niet gemerkt, maar op de plaats waar dat luik de keldertrap afsloot, stond nu een reusachtige koelkast. Je moest met minstens zes volwassenen zijn om die te kunnen verschuiven. De Paal had blijkbaar zijn voorzorgen genomen.

En zijn neefje strooide met plezier nog wat zout in de wonde. Poeslief vroeg hij: 'Is er soms iets mis met die koelkast? Of staat hij misschien niet op de juiste plaats?'

Freddy en Andy balden hun vuisten. Ze moesten zich tot het uiterste inspannen om Alfret geen rammeling van je welste te geven. Maar Molly gebaarde heel beheerst dat ze zich rustig moesten houden en dankzij haar ontsnapte Alfret aan het pak slaag van zijn leven.

'Kalmte, jongens,' fluisterde Molly, 'ik denk dat ik de oplossing heb gevonden. Laat mij maar begaan. En wat er ook mag gebeuren, heb vertrouwen in mij.'

Andy en Freddy begrepen er geen snars meer van. Ze wilden Molly net om uitleg vragen, toen Alfret hen opnieuw aansprak: 'Wel, luilakken, komt er nog wat van? Of moet ik meneer Buffel laten terugkomen?'

'Ik denk niet dat dat nodig is,' antwoordde Molly suikerzoet. 'Maar voor we kunnen schrobben, moeten we poetsgoed hebben.'

'Wel, waarop wacht je?' vroeg Alfret, terwijl hij een nieuwe bierworst tussen de kiezen propte. 'Je weet toch dat alles daar in die bergplaats staat. Wat houdt je tegen om die spullen te halen?'

'Eh … jouw toestemming …'

'Die heb je al. Verdwijn nu maar!'

Freddy en Andy stonden paf. Zo vleierig hadden ze Molly nog nooit meegemaakt. Daar zat duidelijk iets achter.

Molly verdween in de bergplaats. In het licht van het peertje dat daar hing, haalde ze uit haar bloes een blad papier te voorschijn: de bladzijde die ze nog bliksemsnel uit het boek over vampiervleermuizen had kunnen scheuren. Nu kon ze eindelijk die belangrijke tekst verder lezen. Razendsnel vloog haar blik over de regels. Haar tijd was immers beperkt …

Toen Molly klaar was, moest ze zich inhouden om niet hardop te juichen. Alles wat ze nodig had om ruigpootvampiers uit te schakelen, vond ze zelfs in deze bergplaats. Als dat geen meevaller was! Voor een keertje hadden ze eens het geluk aan hun kant.

'Wel, komt er nog wat van?' hoorde ze Alfret opeens roepen.

'Ja, hoor,' riep ze, 'ik moet alleen nog enkele spullen bij elkaar scharrelen en dan vliegen we erin.'

In een mum van tijd vulde ze een paar emmers met producten die op de rekken stonden. Toen greep ze nog snel enkele schuurborstels en dweilen en beladen als een ezel kwam ze weer te voorschijn.

In die vijf minuten dat ze daarbinnen zat, had Molly niet alleen alles gevonden om de keuken weer kraaknet te maken, maar vooral ook om de volgende dag alle vampiers naar de andere wereld te helpen. Tenminste, als dat middel om die zeldzame ruigpootvampiers te kunnen vernietigen, ook echt werkte …

# Vijfentwintig

*Dinsdag 31 oktober, de avond van Halloween, even na zonsondergang*

De storm huilde in de duinen. Het opgezweepte zand stoof in vlagen tegen de voorruit van de naderende auto. Naarmate het voertuig de helling beklom, kreeg de wind er steeds meer vat op, alsof een onzichtbare hand het van de grond probeerde te tillen. Voorlopig voelden de inzittenden alleen maar hevige trillingen, maar wat als het voertuig straks op de top van de duin kwam?

Geen van de drie mannen was er gerust op. Zo'n storm hadden ze hier al jaren niet meer meegemaakt. Toch moesten ze het koste wat het kost de abdij zo snel mogelijk zien te bereiken. Als dat op tijd lukte, dan zouden de gevolgen niet te overzien zijn.

In de verte doemde het donkere silhouet van een dak op. Ze hadden de rand van het klif bijna bereikt. Voorbij die akelige villa begon de afdaling. Dan waren ze er bijna. Tenzij ze al te laat waren en het opkomende tij met zijn aanrollende golven hun de doorgang zou versperren. Dan waren de abdij en haar omgeving weer enkele uren een eiland, iets wat maar een paar keer per jaar gebeurde. Hopelijk was het nog niet zover.

Bijna dansend op zijn wielen bereikte de wagen de top van het klif. Vlak bij de villa kwam het voertuig tot stilstand. In het laatste daglicht konden ze de hele omgeving vanaf hier overschouwen: rechts de duinen, links de kolkende zee en voor hen het strand, dat al helemaal overspoeld was met water. Op de achtergrond strekten zich de donkere schaduwen van de abdij uit. Die was al volledig omringd door schuimende golven. Ze waren dus te laat! Hoe moesten ze de abdij nu bereiken?

Daar niet zo heel ver vandaan verzamelden bijna alle eerstejaars in de keuken van restaurant 'De Vleesboom'. De meesten keken door het raam en bewonderden het schouwspel dat de natuur daar ten beste gaf. Er heerste een opgewekte sfeer.

Toen het weer vanochtend opeens omsloeg en de wind aanwakkerde, hadden ze allemaal heimelijk gehoopt dat het zou stormen. En nu was het zover. En de storm overtrof hun stoutste verwachtingen. Ondanks de invallende duisternis zagen ze nog heel goed hoe de reusachtige schuimkoppen naar de duinen toe raasden om dan tegen een flank van zand te pletter te slaan. Iedereen wist wat dat betekende.

'Hier komt zelfs geen tank meer door, laat staan een auto,' riep een van hen.

'Ja, hier komt geen hond of kat meer over de vloer,' riep een ander. 'Ze moeten vast het restaurant sluiten en dan kunnen wij ons vanavond eens lekker ontspannen. Ik zal er niet om rouwen.'

'Nee, wij ook niet,' klonk het eenstemmig.

Maar daar bij de villa, te midden van de gierende storm, heerste heel wat minder enthousiasme. De drie mannen werden door de razende wind bijna van het klif af geblazen. Toch hadden ook zij opeens een reden om te juichen. Want na een derde poging kregen ze eindelijk dat verdomde kelderluik open.

Ze hadden, gewapend met bijlen en lampen, hun auto aan de kant achtergelaten. Als ze vanavond nog in de abdij wilden komen, dan moesten ze het proberen langs deze weg. Tenminste, als ze die hardnekkige geruchten uit het verleden mochten geloven.

De eerste van de drie verdween in het keldergat en zuchtte opgelucht. Hier hoefde hij niet meer te vrezen dat de kleren hem van het lijf waaiden. Ook de beide anderen slaakten een zucht van opluchting toen ze veilig in de kelder waren.

Onmiddellijk viel het licht van hun zaklampen op de twaalf lijkkisten die er stonden. Maar de deksels lagen ernaast. Ze waren leeg ...

'Waar zouden ze naartoe zijn?' vroeg de kleinste van de drie.

'Er is nog een kans dat ze boven zitten,' antwoordde de langste en de magerste. 'Maar als we ze daar niet vinden, dan zijn ze al vertrokken naar de abdij. Dat levert dan meteen ook het bewijs dat die ondergrondse toegang wel degelijk bestaat. Maar laten we eerst maar eens de bovenverdiepingen van de villa controleren.'

Het drietal zocht in het schijnsel van de zaklampen naar een trap. Zodra ze hem hadden gevonden, liepen ze behoedzaam naar boven. Hoewel ze alle drie gewapend waren met een zilveren kruis, enkele teentjes knoflook en een spuitbus vol wijwater, vroegen ze zich toch bezorgd af hoe de vampiers zouden reageren wanneer ze tegenover hen kwamen te staan ...

Heel voorzichtig duwde Molly tegen de deur. Tot nu toe was alles naar wens verlopen. Ze had gevreesd op haar weg hierheen een vampier tegen het lijf te lopen, maar dat was gelukkig niet gebeurd. En als het wel zo was geweest, dan had ze haar ultieme wapen gebruikt, hoe zwaar het ook woog. Ze was wat blij dat ze zonder kleerscheuren haar einddoel had bereikt. Als ze zich niet vergiste, zou het vanavond hier gebeuren ...

De deur zwaaide open en Molly liep naar binnen. In tegenstelling tot vorige week zag alles er heel keurig en netjes uit. Alle rommel was weg. De aannemer had werkelijk zijn uiterste best gedaan om tegen vanavond klaar te zijn.

In het midden gaapte de opening van de put. Die was nu helemaal afgewerkt. In de diepte glom de metalen 'cactus' en dat bevestigde haar bange vermoedens. Molly huiverde. Meer dan ooit besefte ze dat het wapen dat ze vandaag had vervaardigd en dat ze nu bij zich had, absoluut moest werken. Anders wachtte de leerlingen van het eerste jaar een vreselijk lot.

Resoluut liep ze de gang in waarover Freddy haar had verteld. Halverwege keek ze naar boven. De beschrijving die Freddy haar had gegeven, klopte. Ze nam een sprong en trok zich op. Ze klemde de trapladder met een hand goed vast en trok haar zware vracht op.

Molly was klaar voor de strijd.


Met hun drieën duwden ze de deur open. Dit was de laatste kamer in huis waar nog vampiers konden zijn ...

Ze hadden de benedenverdieping gecontroleerd, daarna de bovenverdieping en ten slotte de zolder, tot ze opeens doorhadden dat ze een kamer vergeten waren. Na wat zoeken, hadden ze de toegang toch gevonden. Met hun verdedigingswapens in de aanslag gingen ze de laatste kamer binnen.

In tegenstelling tot de andere was dit geen slaapkamer, maar wel een bureau met een bibliotheek. Bij het raam brandde een petroleumlamp. In het midden stond op een tafel een grote zwarte doodskist. Die van Snotferatoe. Ook daarvan stond het deksel open. Maar net zoals in de kelder was de vogel, of beter, de vleermuis, gaan vliegen. Nu wisten ze het zeker. Alle vampiers waren langs de ondergrondse gang naar de abdij vertrokken. Het kwam eropaan zo snel mogelijk die uitweg te vinden en ze achterna te gaan.

De deur van de keuken zwaaide open en in het gezelschap van het hele lerarenkorps kwam de Paal naar binnen. Meteen verstomde het rumoer.

'Beste leerlingen,' begon de directeur met een enthousiasme dat hij nog niet eerder had vertoond, 'aangezien we door de weersomstandigheden vanavond geen klanten meer in ons restaurant hoeven te verwachten, wil ik van de gelegenheid gebruikmaken om jullie eens flink te verrassen. Jullie zijn wel gestraft, maar dat belet niet dat jullie als eersten mogen kennismaken met een gloednieuw keukenapparaat. Het is enig in zijn soort. Daarom nodig ik jullie allemaal uit om samen met het lerarenkorps dit toestel niet alleen te bewonderen, maar ook getuige te zijn van een allereerste demonstratie.'

Alle leerlingen juichten, behalve Freddy en Andy. Molly had hun een deel van haar plannen toevertrouwd en de jongens wisten waar ze nu ongeveer was. Ze bleek dus gelijk te krijgen. Dat stelde hen enigszins gerust. Ze hoopten innig dat ze het ook voor de rest bij het rechte eind zou hebben, want ze hadden afgesproken dat ze haar blindelings zouden vertrouwen.

Het drietal juichte. Ze kwamen nog maar net terug in de kelder van de villa of daar, om het hoekje, vonden ze de trap die naar beneden leidde.

Met kloppend hart begonnen ze aan de afdaling. Het kruisbeeld, de teentjes knoflook en de spuitbus met wijwater hielden ze stevig omklemd. Vanaf nu konden de vampiers immers elk ogenblik opduiken. Hopelijk lukte het hun zich te verdedigen.

Alsmaar dieper slingerde de trap zich naar beneden. Er leek geen eind aan te komen. De minuten tikten traag voorbij. Toen werd het pad opeens vlakker en de gang mondde uit in een donkere grot. De mannen beseften onmiddellijk dat dit het gevaarlijkste deel van hun tocht kon worden.

Met gespannen zenuwen liepen ze door. Opeens hoorden ze vanuit de duistere verte een vreemd geruis. Iets bewoog daar. Wat kwam er in godsnaam naar hen toe?

*'Een vampier kent geen genade.'*
Citaat uit het *Boek der Vampiers* van A. La Val

# Uesentwintig

Door de duistere gangen van de abdij liep een grote groep mensen. Voorop liep de directeur, gevolgd door een twintigtal leerlingen. Het voltallige lerarenkorps sloot de rangen. Hun voetstappen weergalmden tot in de verste uithoeken van het scholencomplex.

Molly, die zich nog altijd verborgen hield, had ze al van ver horen komen. Het zou niet lang meer duren voor ze met z'n allen het bewuste lokaal binnengingen. Ze kon zich al de verbazing van haar medeleerlingen voorstellen. Maar waarschijnlijk zou geen van hen beseffen wat hen precies te wachten stond.

Daar waren ze al. Molly hoorde de deur openslaan. De hele meute dromde naar binnen en verzamelde zich rondom de put. Molly hoorde hoe de deuren weer werden gesloten. Zelfs het geluid van de sleutel in het slot ving ze op tot in haar schuilplaats. De leerlingen beseften waarschijnlijk niet eens dat ze werden opgesloten.

Op dat moment hoorde ze een deur opengaan

aan de andere kant van de lange overwelfde gang waarin ze zich had verstopt.

'Komen jullie maar binnen,' hoorde ze een vertrouwde stem zeggen, 'maar doe zachtjes, want ze weten daar nog van niets.'

Dat was de stem van Alfret. Molly kon meteen ook raden tegen wie hij het had. Dat waren natuurlijk de vampiers! Alfret had hen vast opgewacht bij het luik in de keuken en hen hierheen gebracht.

En ja, hoor. Een tel later liep de ene na de andere vampier onder haar door. Als laatste zag ze Alfret langskomen, nadat hij de deur goed op slot had gedaan. Molly wist dat alle leerlingen van haar jaar nu definitief in de val zaten. Ze waren allemaal overgeleverd aan een bende bloeddorstige vampiers. Op hun leraren zouden ze niet hoeven te rekenen, want die dansten nu al helemaal naar de pijpen van die wangedrochten. De enige die het tij nog kon doen keren, was zijzelf. Maar dan ook alleen maar als het middel dat ze had gemaakt, echt werkte. En daar was ze nog altijd niet zeker van.

Nooit hadden de drie mannen verwacht dat de grot zo uitgestrekt zou zijn. Ze volgden nu al de hele tijd dat ene pad. Maar of het de goede richting was, daar hadden ze voorlopig het raden naar.

Het geruis dat ze in het begin hadden gehoord, was nog altijd niet verdwenen. Het leek alsof het zich naar een andere kant van de grot had verplaatst. Wie of wat dat geluid veroorzaakte, bleef hun een raadsel. Maar ze wilden de oplossing niet per se meteen vinden. Andere zaken hadden nu voorrang.

Opeens zagen ze in het lichtschijnsel van de zaklampen een nieuwe hindernis. Een rotsachtige muur met druipgesteente werd zichtbaar. De grot leek hier opeens op te houden.

Een van de drie liet de lichtstraal zakken. Nergens zagen ze iets wat op een uitweg leek. Het drietal zuchtte. In de duisternis waren ze blijkbaar de verkeerde kant uitgegaan, of erger nog … Misschien waren ze verdwaald.

'En zoals jullie duidelijk kunnen zien,' ging de Paal verder, 'wordt dit reusachtige apparaat met een ongelooflijke snelheid gevuld met warm water.'

De uitleg die de directeur gaf, was eigenlijk overbodig. Alle leerlingen stonden verbaasd te kijken hoe snel het waterpeil in de kuil steeg. Nog een minuut en het kwam tot de rand van de put. Maar zo ver liet de directeur het niet komen. Hij drukte op de knop van het bedieningspaneel en de watertoevoer stopte. Het waterpeil stond op bijna anderhalve meter van de rand.

'En nu zijn we helemaal klaar om onze soep te maken,' zo ging de Paal verder.

'Soep???' riep een aantal leerlingen vol ongeloof.

'Jazeker,' antwoordde de directeur, 'want wat jullie daar zien, is eigenlijk een reusachtige mixer.'

Onmiddellijk draaide hij aan een grote, zwarte knop. Een luid gezoem zwol aan en er kwam beweging in het wateroppervlak. In het midden ervan vormde zich een grote draaikolk en een gorgelend geluid verspreidde zich door de hele ruimte.

Toen schakelde de directeur het apparaat weer uit.

Zodra de stilte was weergekeerd, ging hij verder met zijn uitleg.

'En weten jullie wélke soep we hiermee zullen maken?'

De leerlingen schudden het hoofd. Enkele leraren begonnen te lachen.

'Nee, weten jullie het echt niet?' vroeg de Paal grijnzend. 'Wel, beste leerlingen, vanavond maken we vampiersoep.'

'Vampiersoep?' riepen de leerlingen angstig uit.

'En weten jullie welke ingrediënten wij zullen gebruiken?' Het werd doodstil in het lokaal. Niemand durfde te antwoorden. De Paal wachtte nog even en toen spuwde hij het uit.

'Júllie zijn de ingrediënten! Grijp ze!'

Meteen gingen de aanwezige leraren tot de aanval over. De leerlingen keerden zich om om te vluchten, maar zagen tot hun ontzetting niet minder dan twaalf vampiers achter hen staan. Ook die kwamen nu op hen af. De groep stoof schreeuwend uiteen.

Dat was het moment waarop Molly had gewacht. Van de verwarring die nu heerste, wilde ze gebruik maken om snel toe te slaan.

Ze sprong van de trapladder en met haar wapen in de hand liep ze de tunnel uit. Het was een brandblusser die ze gisternacht had omgebouwd. Daarin stak nu een heel speciaal product om ruigpootvampiers mee uit te schakelen.

Het moment van de waarheid brak aan. Een grote vampier kreeg haar in het oog en kwam recht op haar af. Bijna had hij haar te pakken, maar Molly was net iets sneller. Ze drukte de hendel van het blustoestel in en een krachtige straal trof de vampier. De vloeistof die het witte poeder bevatte, drong onmiddellijk door zijn huid heen en hij zakte als een pudding in elkaar. Als een razende wentelde hij zich over de vloer. Langzaam veranderde hij in een grote plas bloed.

'Dat is pas vampiersoep,' juichte Molly.

Het middel werkte perfect en ze richtte haar wapen meteen op een vampier die net een leerling had vastgegrepen. Ook hij onderging hetzelfde lot. Molly voelde zich heel zelfzeker worden. Doelbewust richtte ze de straal op de ene na de andere vampier en in een mum van tijd zag de vloer van het lokaal rood van het bloed. Toen hoorde ze opeens hulpgeroep. Was dat de stem van Andy?

Samen met een handvol andere leerlingen lag hij al in het water te spartelen. Vanuit haar ooghoek zag ze hoe de directeur aan de andere kant van de put naar het bedieningspaneel liep. Hij wilde het toestel in werking stellen! Molly sloeg in paniek. Hoe kon ze dat op tijd verhinderen?

Opeens zag ze vlak voor zich Alfret in alle tumult. Hij stond nog geen meter van de put vandaan. Als de bliksem schoot Molly vooruit, de brandblusser gebruikte ze als stormram. De machine sloeg zoemend aan. Molly gaf Alfret een geweldige stoot, hij kantelde en kwam in het kolkende water terecht. Oef! Meteen zette de directeur de mixer weer af. Hij was blijkbaar niet van plan om ook van zijn neefje vampiersoep te maken.

Vanaf toen begonnen de kansen te keren. Freddy en enkele andere leerlingen schoten Molly te hulp en probeerden haar te beschermen, zodat ze haar jacht op de overige vampiers kon voortzetten. Een voor een moesten de monsters het onderspit delven. De leerlingen waren duidelijk aan de winnende hand.

Uiteindelijk slaagden ze erin de allerlaatste van de twaalf vampiers in een hoek te dringen. Het was een jonge vrouw en heel even kreeg Molly medelijden met haar slachtoffer. Maar toen de vrouwelijke vampier opeens met haar scherpe hoektanden naar haar uithaalde, aarzelde Molly geen moment. Ze trof de vampier met een krachtige straal en meteen veranderde ook zij in een bloederige massa.

Op slag gedroegen de leraren zich heel anders. De meesten van hen waren ondertussen door de leerlingen in het water gegooid of werden in bedwang gehouden. Bijna allemaal tegelijk vroegen ze wat er aan de hand was, alsof ze uit een diepe slaap waren ontwaakt. Ook Alfret en de directeur kwamen uit de lucht vallen.

Onmiddellijk werd iedereen uit het water gehesen. De directeur stond erbij als een verzopen kat. Voor een keer had hij geen woorden.

'Ik denk dat iedereen hier van streek is,' zei Molly ten slotte. 'Laten we deze akelige ruimte verlaten en naar het restaurant gaan. Daar kunnen we misschien iets drinken om er weer bovenop te komen.'

Molly's voorstel werd op algemeen gejuich onthaald en iedereen dromde naar buiten. Molly bleef als laatste achter. Nu alle gevaar geweken was, wilde ze even alleen zijn om van de emotie te bekomen. Dat rattenvergif dat ze in de bergplaats had gevonden, had perfect gewerkt. Bij die vampiers werkte het zelfs nog sneller dan bij dieren. Normaal duurde het een tijdje voor het opgeloste witte poeder alle ingewanden in een bloederige brij veranderde. Maar bij die vampiers gebeurde dat blijkbaar onmiddellijk. Je kon de vampiersoep bijna van de grond scheppen. Molly moest lachen om die vieze gedachte en ze besloot op te stappen. Door alle inspanningen had ze erge honger gekregen. Een tomatensoepje, weliswaar ook rood, zou haar goeddoen.

Ze maakte aanstalten om het lokaal te verlaten, toen ze opeens in de deuropening een vreemd silhouet zag.

Even dacht Molly dat ze droomde, maar toen ze de duidelijke vormen van de kapmantel zag, besefte ze dat er nog een vampier overgebleven was. Die kwam nu langzaam op haar af.

Als de weerlicht keerde Molly op haar stappen terug. Ze spurtte naar de getransformeerde brandblusser, pakte hem op en schudde ermee. Wat een geluk! Er zat nog genoeg in om een handvol vampiers mee te vernietigen.

Langzaam maar zeker liep de vampier naar haar toe. Besefte hij dan niet dat hij straks hetzelfde lot zou ondergaan als de twaalf anderen? Of was hij zich

daar niet eens van bewust? Molly lachte in haar vuistje. Binnen enkele seconden zou hij het aan den lijve
ondervinden.

Toen de vampier minder dan twee meter bij haar
vandaan was, drukte Molly de hendel in. Een krachtige straal spoot hem helemaal nat …

Molly deinsde achteruit. De vampier reageerde totaal niet. Weer gaf ze hem de volle laag. Maar de vampier kwam gewoon dichterbij. Molly drukte de hendel
helemaal in, maar ze hoorde alleen een droge klik. Het
toestel was leeg!

Een tel later greep de vampier haar met beide klauwen vast. Wat was er misgegaan, vroeg Molly zich radeloos af …

# Zevenentwintig

'Als jij dacht mij te slim af te zijn, jongejuffer, dan
kom je van een koude kermis thuis!'

De stem van de vampier klonk laag en dreigend. Hij
sprak een oude taal, doorspekt met vreemde klanken.

Snotferatoe – ze twijfelde er niet aan dat hij het was
– had haar bij de kraag gegrepen en hield haar hoog
boven de grond. Molly kon zwaaien met haar armen
en trappelen met haar benen wat ze wou, ze kon hem
onmogelijk raken. Ze was compleet aan hem overgeleverd.

Jij dacht dat je mij op dezelfde manier als mijn
neven en nichten kon uitschakelen, maar dat was een
flinke misrekening, hé. Het was je bijna gelukt die keer
dat je in mijn villa binnendrong. Gelukkig heb je mijn
kamer niet gevonden toen. Maar nu zijn de kansen
gekeerd en mijn wraak zal verschrikkelijk zijn! Voor
de moord op mijn twaalf neven en nichten zul jij
boeten. Jij wordt de eerste van wie ik persoonlijk
vampiersoep zal maken.'

Statig liep Snotferatoe naar het schakelbord van de reuzenmixer. Hij draaide aan de knop tot de motor zijn maximale toerental bereikte en met een oorverdovend lawaai veranderde het kalme wateroppervlak in een zuigende draaikolk.

Heimelijk hoopte Molly dat het kabaal de aandacht van de anderen zou wekken. Maar het restaurant lag aan de andere kant van de abdij, dus die kans was uiterst klein. Tenzij Freddy en Andy haar afwezigheid hadden opgemerkt en waren teruggekomen. Maar wat konden zij tegen die schijnbaar onoverwinnelijke vampier beginnen?

'En nu is het moment gekomen om je in soep te veranderen,' lachte de vampier. 'Als je nog een laatste wens hebt, dan is het nu het …'

'Jij daar, wil jij Molly eens onmiddellijk op de grond zetten? Of anders maken wij soep van jou!'

Verbaasd keerde de vampier zich om. Freddy en Andy waren teruggekeerd! Freddy had het opeens weer heel warm gekregen en dat had de aanwezigheid van de vampier verraden. Maar of hij en Andy iets tegen Snotferatoe konden beginnen, dat was andere koek.

Nog voor ze erover konden denken hoe ze Molly uit haar benarde situatie konden bevrijden, was de vampier al op hen af gekomen. Bliksemsnel schoot

zijn hand uit en hij greep Freddy en Andy bij de kraag. Daar hingen ze dan alle drie in de ijzersterke klauwen van Snotferatoe. Met één hand hield hij Molly in bedwang, en met de andere de beide jongens.

'Dat zijn nog twee vleesbrokjes meer,' likkebaardde hij smalend en hij liep naar de reuzenmixer. 'Hebben jullie soms nog een laatste wens voor jullie kopje-onder gaan?'

De drie keken elkaar angstig aan. Toen kreeg Andy een idee.

'Ja!' riep hij. 'Ik wil dolgraag het vervolg horen van die mop over die drie vampiers die samen op café gingen. Mag dat?'

'Jazeker,' zei Snotferatoe, 'want die ken ik nog niet. Laat maar horen.'

Voor een keer zweeg Molly in alle talen. En terwijl het drietal boven het kolkende water hing, vertelde Freddy, zwetend van angst, zijn mop.

'... en weet je,' zo vroeg hij tot slot, 'wat die drie vampiers daar in dat café bestelden?'

'Nee,' antwoordde Snotferatoe en hij lachte zijn scherpe hoektanden bloot.

'Wel, de twee jonge vampiers bestelden elk een to-matensapje en de oude vampier gewoon een kop ko-kend water.'

'En wat gebeurde er toen?' vroeg de vampier.

'Wel, de twee jonge vampiers lachten de oude vampier uit. Maar het lachen verging hun toen de bestelling op tafel werd gezet. De twee jonge vampiers nipten van hun tomatensapje en de oude vampier haalde iets uit zijn binnenzak ...'

'Wat haalde hij uit zijn binnenzak?' vroeg Snotferatoe ongeduldig.

Maar het antwoord zou hij nooit horen ...

'Halt,' weerklonk het opeens vanuit de verte, 'zet die kinderen onmiddellijk neer of er zwaait wat!'

Een lange lenige man liep het lokaal in, op de voet gevolgd door meneer Paelinck en een gebocheld ventje. Molly herkende Wardje, de grafdelver. De man die de vampier had toegesproken, kon alleen maar meneer Anton La Val zijn. Ze herkende hem van de foto in zijn boeken. Hoe waren die hier opeens terechtgekomen?

Voorlopig kreeg Molly nog geen antwoord op haar vraag, want meteen schoot Snotferatoe op de drie indringers af. Die haalden meteen hun kruisbeelden te voorschijn en richtten ze op de vampier.

Snotferatoe deinsde verschrikt achteruit en liet de kinderen op de grond vallen. Toen pakte meneer La Val de spuitbus met wijwater en drukte op het knopje. Een brede straal kwam recht in het gezicht van de vampier terecht. Het brandde bij hem als zoutzuur

184

en totaal verblind zette Snotferatoe nog enkele stappen achteruit. En toen nog een.

Hij verloor zijn evenwicht en kwam met een grote plons in het kolkende water terecht. Onmiddellijk werd hij door de maalstroom meegesleurd. Hij schreeuwde als een bezetene, maakte ondertussen nog enkele rondjes en verdween ten slotte krijsend in de draaikolk. De draaiende motor maakte even een vreemd geluid en het water kleurde bloedrood. De vampiersoep was eindelijk klaar om geserveerd te worden ...

*'Een vampier komt steeds terug.'*
Citaat uit het *Boek der Vampiers* van A. La Val

# Achtentwintig

*Zaterdag 11 november, rond de middag*

In de grote koepelvormige zaal in de kelders van de oude abdij heerste een drukte van je welste. Alle leerlingen van de hotelschool, hun ouders, de meeste notabelen uit Loxleyde en vele andere genodigden deden zich tegoed aan de hapjes en drankjes die werden geserveerd. Alles was bereid volgens de recepten uit het befaamde *Griezelkookboek* van Anton La Val, die ook van de partij was. Vooral de vampierklauwlimonade deed het goed bij de leerlingen.

De reden van deze plechtige bijeenkomst met receptie was de aanstelling van de nieuwe directeur. Na de gebeurtenissen van de voorbije weken had meneer Nozelaar geen andere keuze gehad dan op te stappen. Hij werd vervangen door meneer Isidoor Paelinck, die tot grote vreugde van de leerlingen meteen had beslist om alle onnodig strenge regels af te schaffen. Voortaan mochten de leerlingen elk weekend naar huis. De benoeming van meneer Paelinck werd natuurlijk op plechtige wijze gevierd ...

Pas halverwege de ochtend kregen Molly, Freddy en Andy hun kersverse directeur te pakken, vlak bij het poortje dat toegang gaf tot de grot. Ze popelden om hem eindelijk alle vragen te kunnen stellen die hun al een kleine week door het hoofd spookten. Ze wisten immers nog altijd niet hoe hij die vampiers op het spoor was gekomen.

'Wel,' zo stak meneer Paelinck van wal, 'ik had natuurlijk ook dat boek van meneer La Val gelezen en ik begon een vermoeden te krijgen van wat er gaande was. Op die dag dat de hele school naar het "Salon van de Voeding" ging en ik toezicht moest houden bij jullie, ben ik op onderzoek uitgegaan. Als ik had geweten dat jullie ook op de hoogte waren, dan hadden we kunnen samenwerken.'

'Ja, dat was leuk geweest!' riep Andy.

'En dan was het nooit zover gekomen,' voegde Freddy eraan toe.

'Inderdaad,' beaamde meneer Paelinck, 'ik besefte de ernst van de situatie pas toen ik mijn ontslag kreeg en meneer La Val werd afgebeld. Net op tijd kon ik hem nog bereiken en op de hoogte brengen en samen met de grafdelver zijn we met Halloween teruggekeerd. Maar de storm en de zee waren ons voor.

Gelukkig had ik eerder al de toegang tot de grot ontdekt, zodat we via de villa binnen konden komen. Helaas verdwaalden we in de grot, waardoor we veel kostbare tijd verloren. Pas na een hele tijd vonden we de toegang tot de koepelvormige ruimte. En de rest weten jullie ondertussen.'

'Maar ik nog niet!' riep Andy.

'Hoezo?' vroeg Molly.

'Ha,' lachte Andy, 'ik weet nu nog altijd niet hoe die mop eindigt van die drie vampiers die op café gingen.'

Molly zuchtte.

'Komaan,' riep ze, 'vertel het hem maar, Freddy.'

Freddy keek heimelijk naar de nieuwe directeur. Was dit wel het gepaste moment om die aangebrande mop te vertellen?

'Wel, Freddy,' riep Andy ongeduldig, 'waar wacht je nog op?'

Freddy slaakte op zijn beurt een diepe zucht en begon te vertellen. Hoe drie vampiers een café binnengingen, hoe ze elk iets bestelden, hoe de twee jonge vampiers een tomatensapje kregen en de oude een glas kokend water, hoe de twee hem uitlachten, hoe de oude vampier in zijn zakken tastte om iets te voorschijn te halen ... Toen aarzelde Freddy weer.

Andy brandde nu van nieuwsgierigheid en riep luidkeels: 'Wel, Freddy, wat kwam er te voorschijn?!'

Maar op dat moment hoorde Molly opeens geruis aan de andere kant van het poortje.

'Stil!' riep ze. 'Daar is iets vreemds.' En ze greep naar de klink om het poortje open te trekken.

'Niet doen!' riep meneer Paelinck. 'Ik weet wat het is!'

Maar het was te laat.

Het poortje vloog helemaal open en een reusachtige zwerm ruigpootvleermuizen vloog de koepelvormige zaal in. Alle aanwezigen schrokken zich te pletter. De hele bende stoof uiteen en sloeg in paniek op de vlucht. De verwarring was compleet.

'Niet doen!' riep meneer Paelinck vruchteloos. 'Deze dieren zijn absoluut niet gevaarlijk!'

Tevergeefs. Zijn woorden werden overstemd door geschreeuw en gegil. Iedereen probeerde hals over kop uit de zaal te ontsnappen. Met een zucht ging meneer Paelinck de meute achterna.

In geen tijd was de zaal leeg. Terwijl de laatste vleermuizen nog even boven zijn hoofd rondcirkelden, keek Andy iedereen verbijsterd na. Daar stond hij dan, moederziel alleen in de reusachtige zaal.

'Verdorie!' vloekte hij. 'Nu weet ik nog niet hoe die mop eindigt!'

*IJzervlakte, Halloween 2004*

Wil je graag reageren op dit verhaal? Of wil je meer informatie over dit boek, over Patrick Lagrou of over andere spannende verhalen van hem?
Surf dan naar:
www.patricklagrou.be
www.patricklagrou.nl
www.dolfijnenkind.be
www.griezel.be

## De waterduivel van Brugge

+ 10 jaar - ISBN 90 448 0433 2

Op een nacht verdwijnt een toerist in de Brugse reien. Jonas en Tobias zijn de eersten die de ware aard van de vijand ontdekken, maar de mensen geloven hen niet. Pas als de nood het hoogst is, wordt er naar hen geluisterd. Maar dan is het al te laat ...

## Het raadsel van de kristallen schedel

+ 10 jaar - ISBN 90 448 0432 4

Dit verhaal speelt zich af op een ruig Iers eiland, waar ondoordringbare mistbanken, onvoorziene stormen en een wirwar van duistere zeegrotten het decor vormen. Geen boek voor watjes ...

# VAMPIERSOEP
## Ingrediënten

2 gesnipperde uien
1 knoflookteentje gesnipperd
1 eetlepel boter
1 eetlepel olie
1 eetlepels bloem
3 eetlepels tomatenpuree
4 eetlepels bouillon
1 liter bouillon
3/4 kg tomaten
1 theelepel suiker
1½ theelepel zout
peper
4 eetlepels room
8 blaadjes verse basilicum
200 gram gehakt

DIEMEN

...vater
...flink roam
...kkeroosi en dan
...chtjes laten
...e 8 minuten

FORTIS AB CARO